# आठवाँ सर्ग

(नाटक)

# आठवाँ सर्ग

सुरेन्द्र वर्मा

वाणी प्रकाशन

**वाणी प्रकाशन**

*4695, 21-ए, दरियागंज, नयी दिल्ली 110 002*

फ़ोन : +91 11 23273167 फ़ैक्स : +91 11 23275710

**शाखाएँ**

*अशोक राजपथ, पटना 800 004, बिहार*

*कॉफ़ी हाउस कैम्पस, महात्मा गांधी मार्ग, इलाहाबाद 211 001, उत्तर प्रदेश*

*महात्मा गांधी अन्तरराष्ट्रीय हिन्दी विश्वविद्यालय, वर्धा 442 001, महाराष्ट्र*

www.vaniprakashan.com
marketing@vaniprakashan.in
sales@vaniprakashan.in

Aathavan Sarg
*by* Surendra Verma

ISBN : 978-93-5518-603-4
Play



पेपरबैक चौथा (वाणी प्रकाशन) संस्करण 2022

मूल्य : ₹ 100



*आर. टेक ऑफ़सेट प्रिंटर्स, दिल्ली-110 032 में मुद्रित*

*वाणी प्रकाशन का लोगो मक़बूल फ़िदा हुसेन की कूची से*

# अनुक्रम

*नोर्ध्वमीक्षणगतिर्न चाप्यधो नाभितो न पुरतो न पृष्ठतः।*
*लोक एष तिमिरौघवेष्टितो गर्भवास इव वर्तते निशि।।*

कुमारसम्भव (8 : 56)

# लेखकीय वक्तव्य

यों तो 'कुमारसम्भव' महाकाव्य पूरा, 17 सर्गों का मिलता है, लेकिन यह लगभग सर्वमान्य है कि इसके पहले आठ सर्ग ही कालिदास-रचित हैं। आठवें सर्ग में शिव-पार्वती की केवल विलास-क्रीड़ाओं का स्वच्छन्द चित्रण है। अलंकारशास्त्रियों ने इसके लिए कवि पर सुरुचिहीनता का दोषारोपण भी किया है।[1] टीकाकार अरुणगिरिनाथ ने एक किंवदन्ती का उल्लेख किया है, जिसके अनुसार उद्दाम शृंगार के ऐसे नग्न वर्णन पर पार्वती कुपित हुईं और उनके शाप के कारण यह रचना अधूरी रह गयी। इन बातों से पता चलता है कि कदाचित् कालिदास के समय में ही इस प्रकार के आक्षेप होने लगे थे।[2] 'कुमारसम्भव' की अपूर्णता के तर्क में कुछेक प्रमाण दिए जाते हैं। पहला यह कि कालिदास के प्रामाणिक टीकाकार मल्लिनाथ तथा अरुणगिरिनाथ की टीकाएँ केवल अष्टम सर्ग तक ही मिलती हैं। दूसरे, तथाकथित प्रक्षिप्त सर्गों की श्लोक संख्या कम है। साठ से कम श्लोक वाले सर्ग 'रघुवंश' में दो और 'कुमारसम्भव' के अष्टम सर्ग तक के पूर्वार्द्ध में केवल एक हैं, जबकि उत्तरार्ध के नौ सर्गों में से सात की श्लोक-संख्या साठ से कम है। तीसरे, इन परवर्ती सर्गों की भाषा-शैली भी भिन्न एवं निम्न कोटि की है। उपमा, अर्थान्तरन्यास आदि अलंकारों का निर्वाह उस कौशल से नहीं किया गया है, जैसा कि कालिदास की अन्य कृतियों में दृष्टिगत होता है। 'उपाविशत्सुरेन्द्रणादिष्टं सादरमासनम्'[3] आदि में यतिभंग; 'परित्यजध्वम्-[4] 'मद्विग्रहमधि'[5], 'शत्रुविजेष्यमाणम्'[6] आदि अशुद्ध प्रयोग; 'च', 'हि' के समान पादपूरक अव्ययों का अधिक व्यवहार और 'अहो-अहो देवगणाः सुरेन्द्रमुख्याः शृणुध्वं वचनं ममैते'[7] जैसी नीरस पंक्तियों की संगति कालिदास के रचनास्तर से नहीं बैठती।[8]

---

1. ध्वन्यालोक, आनन्दवर्धन, पृ. 147। 2. 'कालिदास, डॉ. वासुदेवविष्णु मिराशी, पृ. 110। 3. (10 : 4)। 4. (12 : 36)। 5. (10 : 12)। 6. (13 : 21)। 7. (12 : 14)। 8. 'कालिदास, डॉ. वासुदेवविष्णु मिराशी, पृ. 110।

नाटक में आये दो प्रसंगों के ऐतिहासिक आधार की चर्चा। प्राचीन ग्रन्थों में एक पट्टबन्ध सम्मान का उल्लेख है। कालिदास का उज्जयिनी में ऐसा सम्मान हुआ था।[1] दूसरे, मेहरौली के लौहस्तम्भ के अभिलेख से प्रकट होता है कि चन्द्रगुप्त के विरुद्ध बंग प्रदेश ने संघटित होकर द्वन्द्व मचाया था।[2]

अन्त में एक बड़ी छूट का स्वीकार। नाटक में एक जगह 'वृहत्संहिता' का नाम आया है, पर उसके लेखक वराहमिहिर कालिदास के परवर्ती माने जाते हैं।

—सुरेन्द्र वर्मा

1. प्राचीन भारत के कलात्मक विनोद, डॉ. हजारी प्रसाद द्विवेदी, पृ. 124, 2. (क) 'दि अर्ली हिस्ट्री ऑफ़ बंगाल', प्रमोदी लाल पाल, पृ. 4–5, (ख) 'कालिदास', चन्द्रबली पांडे, पृ. 551, (ग) 'हिस्ट्री ऐंड कल्चर ऑफ़ दि इंडियन पीपुल, डॉ. आर. सी. मजूमदार, तृतीय सं. पृ. 20।

# निदेशकीय वक्तव्य

अपने छोटे-बड़े नाटकों के विभिन्न भाषायी प्रदर्शन देखने के बाद कुछ समय से यह बात जड़ पकड़ती जा रही थी कि एक बार किसी आलेख के चाक्षुष अनुवाद की स्वयं ही कोशिश की जाये। इसके पीछे जहाँ एक ओर इन प्रस्तुतियों से उपजा कमोबेश असन्तोष, असहमति या मतवैभिन्न्य था, वहीं दूसरी तरफ़ शब्द के माध्यम के अपने लिए बुनियादी होने के बावजूद उसके कहीं नाकाफ़ी लगते जाने का एहसास भी था। साथ ही उस सनातन, विवादग्रस्त और बेहद फिसलनभरे आदर्श पर होने की चाह थी ही, जहाँ किसी नाटक की पहली मानसिक प्रस्तुति ही बाहरी, स्थूल उपकरणों के सहारे मंच पर रूपायित की जाती है। अगर आलेख और अभिनेता को निदेशक के काम की दो इकाइयाँ मानें, तो ऐसी स्थिति में इस बीच के मध्यस्थ के विलोपन से ये दोनों तत्त्व स्वतः संवाद कर सकते हैं। अगर नाटककार के पास थोड़ी तकनीकी पृष्ठभूमि और प्रमुख अभिनेताओं के पास पर्याप्त अनुभव हो, अनुशासित अहं और सीखने की इच्छा हो और उनके बीच सुथरे व्यक्तिगत सम्बन्ध हों, तो ऐसा कलात्मक जोखिम उठाया जा सकता है।

'आठवाँ सर्ग' के दो अंक पहले लिखे थे, जो 'कथा' में छपकर फ़ाइल में बन्द पड़े थे। दूसरे अंक का अन्त कालिदास की इस मजबूर घोषणा से होता था कि वह 'कुमारसम्भव' को आठवें सर्ग पर ही छोड़ देगा—अधूरा। मन के एक कोने में बराबर लगता था कि बात यहाँ पूरी नहीं होती। यही कारण था कि दो निदेशक मित्रों के आग्रह के बावजूद फ़ाइल बाहर नहीं निकाली...।

पर आगे क्या हो?

इसका जवाब मिला कुछ महीनों पहले, जब शनिवार की एक सुबह 'टाइम' में सोल्झेनित्सिन पर एक लेख पढ़ रहा था...कि यकायक रौशनी-सी कौंध उठी...हाँ, यही है वह बिन्दु, जहाँ से बात आगे बढ़ सकती है। एक रचनाकार रचना की उत्कृष्टता से जनसामान्य में जड़ जमाकर सत्ता के सामने विराट् हो जाता है।

'कुमारसम्भव' के ब्याज से लिया गया अश्लीलता का पक्ष तो समकालीन

कला के लिए प्रासंगिक है ही, पर अगर आपत्कालीन भारत में लेखकीय अभिव्यक्ति बनाम शासन के रेखांकन की दुहरी सार्थकता की प्रतीति न होती, तो ऊपर उल्लिखित आत्मान्वेषण के मोह के बावजूद अच्छे-खासे चल रहे उपन्यास (अँधेरे से परे) को छोड़कर यह प्रस्तुति शुरू न की जाती।

□

...गुलशन की एडवर्टाइज़िंग एजेंसी, चुस्त कॉपी, आकर्षण विजुअल...मधु का स्मोकी टोपाज़...बिन्दो-जित्तन का एक-दूसरे को फाड़ खाना...लोदी गार्डन के हरे विस्तार पर खुशनुमा धूप...आज की दिल्ली से एकदम चौथी शताब्दी ई. पूर्व को प्रत्यावर्तन—स्वर्णिम गुप्तकाल की कलानुरागी राजधानी उज्जयिनी में कविश्रेष्ठ कालिदास के भवन का बाहरी कक्ष...शालभंजिका का प्रक्षालन करती अनसूया, लवंगलता की जड़ में केतकी के पराग से गोल आलवाल बनाती प्रियंवदा...मुँह के घाव में इंगोद का तेल लगवाने के बाद उद्यान में मौलिश्री के पास कुलेलें करता मृगशावक...बाँहों और कलाइयों के अंगद और वलय की मधुर ध्वनि के साथ चित्रफलक के सम्मुख तूलिका चलाती प्रियंगुमंजरी... "काम का सामान्य अर्थ तृष्णा है, पर भारतीय चिन्तन ने देवता का पद दिया है इसे, जो व्यक्ति को कमनीय वासना की ओर ले जाता है..."

भूली-बिसरी यादों-सी सांस्कृतिक दृश्यावलियाँ आँखों के आगे तिरती रहीं।...

□

दृश्यबन्ध यों था : मंच के बीच में एक लम्बा और फिर दो छोटे आसन, मंचाग्र में (अभिनेताओं की दृष्टि से) दायीं ओर तल पर पुस्तकाधार और सामने छोटा आसन। उसके पीछे मदिराकोष्ठ। बिलकुल पीछे दायीं ओर तल पर झूला और बायीं ओर पीछे व बगल में रेलिंग से घिरा डेस्कनुमा चित्रफलक। रेलिंग के दो छोरों पर दो छोटे-छोटे दीपदान। दायीं व बायीं ओर एक-एक द्वार, जो क्रमशः भीतर और बाहर खुलते हैं। बाहरी द्वार के दोनों ओर मंगलकलश। रंगोली।

शुरू से ही इस बात का आभास मिलने लगा कि आलेख की वैयक्तिक रचना-प्रक्रिया मंच पर जाते ही किस तरह सामूहिकता में बदलने लगती है। झूला रखने का आग्रह सहयोगी निदेशक राजेन्द्र गुप्त का था और चित्रफलक का रूपाकार बदलकर उसे दायें द्वार के निकट से बिलकुल पीछे श्री अल्काजी ले आये थे। पहले परिवर्तन के पीछे भव्यता और अतिरिक्त समूहन की सुविधा मिलने की

बात थी, तो दूसरी के पीछे सामंजस्य, सौष्ठव व नैनरंजन। कुछ मिलाकर दृश्यबन्ध की अन्तिम फ़िनिशिंग श्री अल्काजी की थी, जो नि:सन्देह पिछले अनेकानेक वर्षों में दिल्ली रंगमंच के कुछेक श्रेष्ठ, कल्पनाशील एवं कलात्मक दृश्यबन्धों में गिना जाएगा। उसमें भारतीय अतीत के सर्वोत्तम युग के सर्वश्रेष्ठ रचनाकार के निवास की गरिमा थी, उसके परिष्कृत सौन्दर्यबोध की झलक थी, वह सादा था, आँखों को भला लगता था और नाटकीय युक्तियों के लिए समर्थ।

□

दृश्य की मन:स्थिति के अनुसार आलेख को कुछ हिस्सों में बाँट लिया गया : प्रियंवदा-अनसूया के दृश्य चपल-चंचल हैं और उदास व बोझिल। कीर्तिभट्ट और प्रियवंदा-अनसूया के बीच के दृश्य हल्के-फुल्के हैं। कालिदास-प्रियंगु के बीच आत्मीय और सघन। कालिदास-धर्माध्यक्ष के बीच व्यंग्यात्मक, तिक्त और संघर्षी। कालिदास-चन्द्रगुप्त क बीच अन्तरंगता से दूरी तक।

नाट्य-इकाई के मिज़ाज और पात्र के अनुरूप ही समूहनों एवं गतियों का संयोजन तथा मंच के स्थलविशेष का निर्धारण किया गया। पहले और तीसरे अंक की शुरुआत में वसन्तोत्सव की उत्सवधर्मिता, कालिदास की रचना के किसी सुखद पक्ष और प्रियंवदा-अनसूया की यौवनसुलभ क्रीड़ाएँ हैं। इस समय उनकी गतियाँ मंच के ज़्यादा-से-ज़्यादा हिस्से को घेर लेती हैं, चूड़ियों की झंकार व पायलों की छम्-छम् जैसे मंच पर छा जाती है। वे बैठने के लिए एक आसन, पिछले तल की एक सीढ़ी तथा कामसम्बन्धी अन्तरंग चुहल के लिए झूले का व्यवहार करती हैं। कीर्तिभट्ट और दोनों परिचारिकाएँ अधिकतर मंचाग्र में रहते हैं। कीर्तिभट्ट कलश पर स्वस्तिचिह्न बनाती अनसूया के पीछे प्रणय-निवेदन करता हुआ घुटने टेककर बैठता है और दूसरी बार उसी को अपना सनातन प्रणय-स्वप्न सुनाते हुए भावविभोर झूले पर पेंगें लेता है। कालिदास-प्रियंगु के दृश्य पुस्तकाधार, मदिराकोष्ठ एवं चित्रफलक के निकट तथा दोनों आसनों और झूले पर हैं। धर्माध्यक्ष आने पर शुरू में दायीं तरफ़ के छोटे आसन पर बैठता है और खड़े होने का एक मोटिवेशन मिलने के बाद मंचाग्र व मंचमध्य में रहता है। पारिवारिक सम्बन्ध एवं मन:स्थितियों के चढ़ाव-उतार के कारण चन्द्रगुप्त की गतियों की मंच पर व्याप्ति है।

□

पूर्वाभ्यास शुरू होने पर तीन दिन में प्रारम्भिक समूहन हो गया था, और फिर बराबर रद्दोबदल होती रही—नाटक में भी और प्रस्तुति में भी। आलेख पर अपना

निरंकुश अधिकार कितना सुविधाजनक है, इसका एहसास कई बार हुआ। पहले अंक के प्रारम्भ में अनसूया-प्रियंवदा के बीच अपने स्वामी एवं स्वामिनी के शारीरिक सम्बन्धों के द्योतक संवादों के बाद प्रियंगु एवं अनसूया का दर्पण वाला दृश्य काँट-छाँट देना पड़ा। लगा कि दन्तक्षत तथा नखक्षत अच्छी तरह स्थापित हो गये हैं और अब उनकी पुनरावृत्ति निरर्थक है। इस प्रकार दूसरे अंकान्त में कालिदास द्वारा 'कुमारसम्भव' को अधूरा छोड़ देने के निश्चय के बाद चन्द्रगुप्त के लम्बे संवाद से अपनी विवशता प्रकट करने वाला अंश काट देना पड़ा और एक कदम आगे बढ़ाने, मौन, दृष्टि के मिलने और एक स्पर्श से इसे व्यंजित करने की कोशिश हुई, क्योंकि लगा कि दृश्यान्त में कालिदास की मार्मिक उद्घोषणा से हटकर बल चन्द्रगुप्त पर पड़े विवश दबाव पर चला जाता है। इसके उल्टे तीसरे अंक के दूसरे दृश्य में प्रियंगु एवं चन्द्रगुप्त के सम्बन्ध को कुछ और खुलासा करने के लिए कुछेक संवाद जोड़ने पड़े। इस लिहाज से सबसे दिलचस्प था नाटक का अन्त। लिखते समय इसे विचाराधीन छोड़ा गया था और कामचलाऊ तौर पर समाप्ति कालिदास के प्रियंगु से कहे गये संवाद "तुम तो यहाँ हो न...मेरे निकट?" से होती थी, पर पूर्वाभ्यास के दौरान पाया कि इससे बिलकुल पहले 'कुमारसम्भव' की अधूरी पांडुलिपि देखते हुए स्थिति इतनी सघन और तनावभरी हो जाती है, मनोहरसिंह व सुरेखा सीकरी के संवेदनशील चेहरों पर क्रमशः आक्रोश, पीड़ा एवं आहत भाव और लगाव, अपनत्व तथा सरोकारयुक्त आशंका के ऐसे रंग हैं और यह नाट्य-क्षण बहुत ही प्रभावपूर्ण पार्श्वसंगीत (के. एन. चोपड़ा द्वारा) से ऐसा तीखा, सम्पूर्ण और परिणतिमय हो जाता है कि अगले संवाद तक न तो सहज संक्रमण सम्भव है और न वह आवश्यक ही लगता है।

□

अनुभवी कलाकारों के साथ काम करने के कुछ अच्छे परिणाम निकले। (यों मन्तव्य ही यह था कि अपनी अनुभवन्यूनता की क्षतिपूर्ति उनकी अनुभवसमृद्धि से हो।) मनोहरसिंह ने लगभग दो सप्ताह की तैयारी के बाद ही खासी संवेदनशील भूमिका की। कालिदास के व्यक्तित्व की कविसुलभ कोमलता, रचनाकार का आहत अभिमान, अकेले पड़ जाने का तनाव, अन्तर्द्वन्द्व का दंश, विराग की घनीभूत उदासी—चरित्र के ये पक्ष वे प्रभावपूर्ण ढंग से व्यंजित कर पाये। सुरेखा सीकरी, उत्तरा बावकर (अनसूया) एवं सुधीर कुलकर्णी (कीर्तिभट्ट) भी अपने को विशेष रूप से अभिव्यक्त कर सके। सुरेखा व उत्तरा से कुछ अच्छे तकनीकी सुझाव मिले। और मनोहर ने कुछ दिलचस्प गतियों में योग दिया। यह भी लगा कि एक कलाकार

प्रस्तुति में अपने से सम्बद्ध किसी बात को लेकर अगर असुविधा महसूस करता है, तो सम्प्रेष्य को अक्षुण्ण करते हुए यदि उसका परिहार्य किया जा सकता हो, तो कोशिश करनी चाहिए, क्योंकि वह मंच पर एक चरित्र को जीवन्त बनाता है और उसके भावतन्त्र में भरसक कोई व्याघात नहीं होना चाहिए। शुरू में तीसरे अंक के पहले दृश्यारम्भ में अनसूया एवं प्रियंवदा की गतियाँ समान थीं। उद्देश्य उनकी अन्तरंगता, घर में उनकी समान स्थिति एवं समूहनों की चक्षुप्रियता थी। पर कुछ समय बाद उत्तरा को लगा कि वह कहीं-कहीं अपने को 'गुड़िया-सा' अनुभव करती है। इसलिए फिर गतियों में थोड़ा-सा संशोधन किया गया। इसी तरह प्रारम्भ में मनोहर को विग देने का विचार था, पर पहले प्रदर्शन में ही उनकी दलील के अनुसार महसूस किया कि सचमुच रवीन्द्र भवन के छोटे स्टूडियो थिएटर की अन्तरंगता में वह कृत्रिम लगती।

□

अपनी भूमिकाओं में कुछेक अभिनेताओं का तादात्म्य प्रीतिकर ढंग से दिलचस्प था। सी.एस. वैष्णवी अपने (चन्द्रगुप्त) संवाद, सुरतल और बलाघात का तालमेल गति, मुद्रा तथा भाव के साथ बैठा रहे थे। राजेश विवेक तो राष्ट्रीय नाट्य विद्यालय के सबसे संजीदा व मनमौजी अभिनेता हैं ही। वे बराबर अपनी भूमिका (धर्माध्यक्ष) का सूक्ष्म विवेचन और अपना मूल्यांकन करते रहे थे। एक बार बातों-ही-बातों में उनसे कहा कि धर्माध्यक्ष के बाल बहुत छोटे होने चाहिए। दूसरे दिन उनके बाल छोटे थे! बाद में श्री अल्काज़ी से उन्हें डाँट भी पड़ी, क्योंकि एक-दूसरे नाटक 'बीवियों का मदरसा' के प्रदर्शन, जिसमें उनकी बड़े बालों वाली मुख्य भूमिका थी, चल रहे थे।

कुलकर्णी ने अपनी भूमिका (कीर्तिभट्ट) में बड़े मनोयोग से रंग भरे। वे वर्षों मुम्बई में मराठी के व्यावसायिक रंगमंच पर रहे हैं। इसलिए उन्होंने बड़े ही कूट-कौशल से कुछ 'पत्ते' ऐन प्रदर्शन के लिए बचा रखे। वे अपने चरित्र को लेकर रोज़ एक नया, मज़ेदार सुझाव लेकर आते थे। अगर उन सबको अमल में लाया जाता, तो प्रस्तुति में बस, एक छोटा-सा अन्तर पड़ता—कालिदास के बजाय कीर्तिभट्ट नाटक का केन्द्रीय चरित्र बन जाता!

□

पूर्वाभ्यास के दौरान वह सब कुछ हुआ, जो किसी भी औसत प्रस्तुति में होता है—भागदौड़, बहसमुबाहिसा, कहासुनी, मनोमालिन्य। पर जब इस कलात्मक

सहयात्रा के पड़ाव तक पहुँचे, तब सिर्फ़ सुकून और सन्तोष बचा, और पहले से कुछ और समृद्ध रंगबोध। नि:सन्देह वह इन सहयात्रियों—उत्तरा, सुरेखा, सोनू (प्रियंवदा), राजेश, वैष्णवी, कुलकर्णी, चोपड़ा—खासकर मनोहरसिंह और राजेन्द्र गुप्त के बिना सम्भव नहीं था।

—सुरेन्द्र वर्मा एवं राजेन्द्र गुप्त

'आठवाँ सर्ग' की पहली प्रस्तुति नेशनल स्कूल ऑफ़ ड्रामा रेपर्टरी कम्पनी द्वारा रवीन्द्र भवन के स्टूडियो थिएटर में अप्रैल 1976 मे हुई।

## मंच पर

प्रवेशानुसार

| | |
|---|---|
| **प्रियंवदा** | सोनू कृष्णन |
| **कीर्तिभट्ट** | सुधीर कुलकर्णी |
| **अनसूया** | उत्तरा बावकर |
| **प्रियंगुमंजरी** | सुरेखा सीकरी |
| **कालिदास** | मनोहरसिंह |
| **सौमित्र** | राजेन्द्र गुप्त |
| **धर्माध्यक्ष** | राजेश विवेक |
| **चन्द्रगुप्त** | सी.एस.वैष्णवी |

## नेपथ्य में

| | |
|---|---|
| संगीत एवं मंच-व्यवस्था | के.एन. चौपड़ा |
| रंगोपकरण | सी.एस.वैष्णवी |
| वेशभूषा | रोशन अल्काजी;<br>सहायता : राजेश विवेक |
| दृश्यबन्ध | इब्राहीम अल्काजी |
| प्रकाश-व्यवस्था | जी.एस.मराठे |

## निदेशन

सुरेन्द्र वर्मा एवं राजेन्द्र गुप्त

## पात्र

| | |
|---|---|
| कालिदास | प्रियंगुमंजरी |
| चन्द्रगुप्त | अनसूया |
| धर्माध्यक्ष | प्रियंवदा |
| सौमित्र | |
| कीर्तिभट्ट | |

## स्थान–समय

अंक 1 : उज्जयिनी। कालिदास के भवन का बाहरी कक्ष। ढलती दोपहर।

अंक 2 : आधी रात।

अंक 3 : दृश्य 1 : तीन वर्ष बाद। अपराह्न।

दृश्य 2 : रात।

# अंक : एक

**[ मंच के बीच में एक लम्बा, और फिर दो आसन—एक चौकी के साथ। मंच के अगले भाग में पुस्तकाधार और छोटा आसन। उसके पीछे मदिराकोष्ठ। बिलकुल पीछे एक ओर झूला और दूसरी ओर चित्रफलक। बीच में ऊँचा दीपदान। दायीं व बायीं ओर एक-एक द्वार। बाहरी द्वार पर मंगलकलश एवं रंगोली।**
**प्रकाश। नेपथ्य में विभिन्न वाद्यध्वनियाँ, जो धीरे-धीरे बहुत मन्द हो जाती है। प्रियंवदा, परिचारिका, का भीतरी द्वार से नुपूरों की झंकारसहित प्रवेश। हाथ में वस्त्रखंड। आसनों को झाड़ने-पोंछने लगती है। कोयल की कूक। क्षण-भर को ठिठकती है। अपने-ही-आप गुनगुनाने लगती है। ]**

: द्रुमाः सपुष्पाः सलिलं...सपद्मं...स्त्रियः सकामाः पवनः सुगन्धिः।
सुखाः प्रदोषा दिवसाश्च  रम्याः सर्वप्रिये चारुतरं वसन्ते॥

**(बाहरी द्वार से कीर्तिभट्ट, सेवक, का प्रवेश। कीर्तिभट्ट ठिठककर स्निग्ध दृष्टि से प्रियंवदा को देखता रहता है। वह उसे अनदेखा करके अपने कार्य में संलग्न रहती है।)**

**कीर्तिभट्ट** : *(कुछ आगे आकर)* प्रियंवदे! ...सुबह का अभिवादन स्वीकार करो!

**प्रियंवदा** : *(सीधी खड़ी हो जाती है)* यह सुबह है? सूर्य आकाश में बीचों-बीच आन पहुँचा है और आप हैं कि आँखें मलते हुए पधार रहे हैं!

**कीर्तिभट्ट** : यात्रा के बाद मैं बहुत थक गया था। सारी रात और आधा दिन एक ही करवट सोता रहा।...एक सपना भी देखा। जानती हो क्या?...*(प्रियंवदा अपने काम में लग जाती है। कुछ क्षण उत्तर की प्रतीक्षा करने के बाद, हाव-भाव से)* गोधूलि-वेला

थी...शिप्रा का किनारा...अपने-अपने घोंसलों को लौट रहे पक्षियों का मधुर कलरव...किनारे से टकराती हुई लहरों का सरस संगीत...वातावरण में सुगन्धि थी—नवमलिका की कलियों की, प्रणय की, मिलन की...तभी देखा कि तुम चम्पक के झुरमुटों के बीच...हाथ में लीला-कमल लिये...मन्द-मन्थर गति से...सकुचाती...लजाती...

**प्रियंवदा** : काव्य-रचना अपने स्वामी के लिए छोड़ दो कीर्तिभट्ट! तुम जाकर गायों का दूध दुह लो, उन्हें चारा-पानी दो, गोबर के उपले बनाओ!

**कीर्तिभट्ट** : *(पलभर उसे कार्यरत देखता रहता है)* प्रियंवदा! मुझे समझने का प्रयास करो। मेरे मन को पहचानो।...तुम्हें कैसे बताऊँ कि तुमसे दूर रहकर यह एक मास मैंने कैसे बिताया है! ...मैं तो जाना ही नहीं चाहता था। स्वामी से इतना कहा कि राजधानी से पचास कोस दूर उस कुटीर में जाने की क्या विवशता है? यहीं रहकर अपने महाकाव्य का आठवाँ सर्ग पूरा कर लीजिए...लेकिन नहीं!...राजधानी में कोलाहल होता है...हर दिन गोष्ठियाँ और सभाएँ की जाती हैं। लोग भेंट के लिए आते हैं।...अवकाश नहीं मिलता। मन एकाग्र नहीं हो पाता।...अब कौन समझाए कि राजधानी है तो उसमें कलरव-क्रन्दन तो होगा ही!... जल में तरलता नहीं होगी? सूर्य में ताप नहीं होगा? *(प्रियंवदा को एकटक देखते हुए)* कुमारी कन्या के सौन्दर्य में हृदय को व्याकुल बनाने वाला आकर्षण...

**प्रियंवदा** : *(उत्सुकता से)* कीर्तिभट्ट! आठवाँ सर्ग कब पूरा हुआ? कैसे पूरा हुआ?...तुमने तो एक-एक पृष्ठ की रचना देखी होगी?

**कीर्तिभट्ट** : तीन दिन पहले हुआ था। और जो तुम पूछती हो कि कैसे हुआ, तो समझ लो कि कीर्तिभट्ट के वहाँ रहने से हुआ!...सच कहता हूँ प्रियंवदा, एक सप्ताह तो कविवर ने एक शब्द नहीं लिखा। बस, बैठे-बैठे पहले के सातों सर्ग पढ़ते रहते, या चुपचाप टकटकी लगाए कोरे भोजपत्र को निहारते...जैसे किसी ने जादू कर रखा हो! मैं पूछता कि आपानक लाऊँ? भोजन के लिए क्या बनाऊँ? तो उत्तर ही नहीं मिलता, जैसे वाणी राजधानी में ही छोड़ आये हों!... भीतर से निकलते, तो उपवन में आ जाते। उपवन से निकलते, तो बाहर वन में जा

पहुँचते।...प्रात:काल देखता कि उषा की लाली परख रहे हैं, सायंकाल देखता कि झरने के किनारे बूँदों की बौछार में भीग रहे हैं; आधी रात को देखता कि उजली चाँदनी में टहल रहे हैं! ...सात दिन तो मैं चुप रहा। आठवें दिन मैंने कह दिया कि स्वामी! ऐसे कैसे चलेगा?...तीन सप्ताह बाद आपको यह सर्ग पढ़ना है, आपका राजकीय सम्मान होना है। कहीं ऐसा न हो कि सर्ग-रचना न हो सके, तो सम्मान ही न मिले!

**प्रियंवदा** : कीर्तिभट्ट! तुमने इस सर्ग का कुछ-न-कुछ अंश तो सुना होगा?

**कीर्तिभट्ट** : कुछ-न-कुछ अंश क्या, समूचा सर्ग सुना है, प्रियंवदे! पिछले तीन दिन मेरे कानों में और गया क्या है? इसी सर्ग के श्लोक और श्लोक की पंक्तियाँ और पंक्तियों के शब्द और शब्दों के अक्षर और अक्षरों की ध्वनियाँ तरकश के अपार तीरों की तरह मेरे कर्ण-केन्द्रों का संधान करती रही हैं!

**प्रियंवदा** : ऐसा क्यों, कीर्तिभट्ट?

**कीर्तिभट्ट** : क्योंकि स्वामी सस्वर पाठ का अभ्यास कर रहे थे अर्थात् श्लोक-विशेष का पाठ-विशेष कैसे होगा।...कहाँ स्वर को ऊपर जाना है, कहाँ नीचे ले आना है, कहाँ समतल रहना है...कहाँ भावावेश मे जल्दी होगी, कहाँ भावसंकुलता में धीमापन, कहाँ गहरी व्यंजना में अर्थभरा विराम!

**प्रियंवदा** : इस सर्ग में है क्या, कीर्तिभट्ट?

**कीर्तिभट्ट** : *(मुस्कराता है)* इस सर्ग में वह है प्रियंवदे, कि युवक सुनें तो उत्तेजित हो जाएँ और युवतियाँ सुनें तो उन्मत्त! ...यह काव्य नहीं, मदिरा का मादक चषक है, सुन्दरी।

**प्रियंवदा** : तुम्हें एकाध श्लोक याद है?...*(आग्रह से)* मुझे सुनाओ।

**कीर्तिभट्ट** : एकाध क्या, तमाम याद हैं। अभी सुनाए देता हूँ, लेकिन पहले मेरी एक प्रार्थना स्वीकार कर लो। *(प्रियंवदा प्रश्नसूचक दृष्टि से देखती है)* देखा, आज मदनोत्सव का दिन है और मेरे उद्यान में अशोक और बकुल के पेड़ सूखे, ठूँठ-जैसे खड़े हैं। सन्ध्या समय कृपा कर मेरे घर पधारो। नूपुरों की मधुर झंकार के साथ मेरे अशोक पर पदप्रहार कर दो, अपने सुगन्धित मुँह से मदिरा का एक घूँट मेरे बकुल पर डाल दो, ताकि दोनों हरे-भरे हो जाएँ, लद उठें फलों और फूलों से...

**प्रियंवदा** : *(तनिक तिरछी हो, कटि पर हाथ रख, आँखों में आँखें डाल, अत्यन्त मृदु स्वर में)* कीर्तिभट्ट!

**कीर्तिभट्ट** : *(विभोर होकर)* प्रियंवदे!

**प्रियंवदा** : *(उसी प्रकार)* अगर तुम्हारे ही ऊपर मदिरा का एक घूँट उगल दूँ, और तुम्हीं पर पदप्रहार कर दूँ, तो सन्तुष्ट नहीं होंगे?

**(नेपथ्य में नारी खिलखिलाहट। कीर्तिभट्ट हतप्रभ हो जाता है। उद्यान वाले द्वार से हँसती हुई अनसूया, परिचारिका, का नूपुरों की झंकार सहित प्रवेश। हाथ में एक भाजन। कीर्तिभट्ट बायें द्वार से तत्काल भाग जाता है।)**

**अनसूया** : प्रियंवदे! निगोड़ी सारिका की करतूत तो देख!

**(पात्र नीचे रख देती है।)**

**प्रियंवदा** : क्यों, क्या हुआ?

**अनसूया** : मैं आहार देने गयी थी। ज्यों ही बिम्बाफल पिंजरे में डाला, मुँहजली ने उँगली काट ली...*(हाथ सामने करके)* तनिक देख तो, कैसे दन्तचिह्न उभर आए हैं!...

**प्रियंवदा** : *(देखती है, कुटिल मुस्कान से)* तो इसमें बुरा क्या है, सखि?

**अनसूया** : क्या मतलब?

**प्रियंवदा** : ब्याह के बाद बड़ी आसानी रहेगी, अगर अभी से दन्तक्षत का अभ्यास हो जाएगा तो!

**अनसूया** : *(आँखें तरेरकर)* तूने कौन-कौन से अभ्यास कर लिये हैं, पर-उपदेश-कुशल?

**प्रियंवदा** : *(अर्थपूर्ण स्वर में)* उनकी आवश्यकता नहीं पड़ेगी, क्योंकि मैं दूसरों के अनुभवों से लाभ उठा रही हूँ।

**अनसूया** : *(मुसकरा कर उसकी तरफ देखती है। भीतरी द्वार तक जाती है, झाँकती है। गोपन भाव से)* देवी की नींद खुली?

**प्रियंवदा** : खुली।

**अनसूया** : शयनागार से निकलीं?

**प्रियंवदा** : निकलीं।

**अनसूया** : *(गहरी साँस लेकर)* प्रभु का लाख-लाख धन्यवाद!...अन्यथा मुझे तो लग रहा था कि जैसे महाकाल के पुजारी मन्दिर से बाहर नहीं निकलते...

**प्रियंवदा** : वैसे ही देवी शयन-कक्ष से बाहर नहीं निकलेंगी!

**अनसूया** : प्रियंवदे! ऐसी बेसुध नींद भला कैसे आ जाती है?

**प्रियंवदा :** आ जाती है, सखि!...नये-नये ब्याह के बाद एक मास का लम्बा वियोग था। पतिदेव से वह रचनाखंड सुना होगा। जी भर बातें की होंगी।...आँखों में ही कट गयी होगी सारी रात!

**अनसूया :** लेकिन आज का दिन क्या निश्चिन्त होकर सोने का है?...एक तो कामोत्सव का आह्लादकारी त्योहार, फिर उस पर राजसभा में स्वामी का काव्यपाठ, फिर उस पर सम्राट् के द्वारा उनका पट्टबन्ध सम्मान...जैसे एक दिन एक ही साथ तीन-तीन त्योहार।...तनिक बाहर निकलकर तो देख, चारों ओर ऐसा उत्साह और ऐसी चपलता है, मानो हर नागरिक में बिजली की लहर दौड़ रही हो!

**प्रियंवदा :** यह नया सर्ग देखा?

**अनसूया :** कहाँ से देखा! कल रात स्वामी उसे लिये ही रहे!...*(यकायक)* अभी शयनागार में होगा!

**प्रियंवदा :** *(आतुरता से)* जल्दी देख। शायद हो!

**(अनसूया का प्रस्थान। प्रियंवदा कार्यलीन हो जाती है। अनसूया का प्रवेश।)**

**अनसूया :** सर्ग की प्रति तो वहाँ नहीं है!

**प्रियंवदा :** *(मुसकराकर)* होगी कैसे? कविवर अपने साथ जो ले गये हैं।

**अनसूया :** दुष्टे! मुझे झूठमूठ ही दौड़ा दिया!

**(दोनों काम में लग जाती हैं।)**

**प्रियंवदा :** *(कार्यरत)* अनसूये!

**अनसूया :** *(कार्यरत)* प्रियंवदे!

**प्रियंवदा :** *(अर्थपूर्ण स्वर में)* शयनागार देखा?

**अनसूया :** देखा।

**प्रियंवदा :** क्या-क्या?

**अनसूया :** *(कृत्रिम भोलेपन से)* वही, जो हर दिन देखती हूँ...भित्तियाँ, गवाक्ष, आसन, पलंग, मदिराकोष्ठ, शृंगारकोष्ठ...

**प्रियंवदा :** कुछ विशेष नहीं, सुन्दरि?

**अनसूया :** नहीं तो।...ऐसा क्या है, सुमुखि?

**(अगले संवादों में प्रियंवदा कुछ चपल है, कुछ अभिभूत। अनसूया में गाम्भीर्य के हल्के आवरण के पीछे किंचित् लज्जायुक्त यौवनसुलभ उत्सुकता है।)**

**प्रियंवदा** : तो फिर से जाओ! कक्ष के द्वार खोलो!

**अनसूया** : तो?

**प्रियंवदा** : द्वार के खुलते ही सुगन्धि का एक झोंका-सा निकलेगा। एक कुमारी कन्या के नासा-रन्ध्रों के लिए वह गन्ध बिलकुल अनजानी होगी, पर हे मेघ-से काले-कजरारे केशों वाली! तुम रुकना नहीं, भीतर चली जाना!

**अनसूया** : फिर?

**प्रियंवदा** : गवाक्ष बन्द, हल्का अँधेरा!...पलंग के पास कुछ खाली चषक होंगे। उन पर दो युगल अधरों के स्पर्श जैसे अभी तक कसमसा रहे होंगे।

**अनसूया** : ऐसा?

**प्रियंवदा** : कुछ देर चुपचाप उस शैया को परखना। उस पर अधखिली कलियाँ बिखरी होंगी—म्लान...दोहरी हो चुकी पंखुड़ियों को हल्के-से छूना, तो दो शरीरों के तप्त दबाव का आभास होगा।

**अनसूया** : सचमुच?

**प्रियंवदा** : शुभ्र, श्वेत चादर पर यहाँ-वहाँ सिकुड़नें होंगी। एक ओर कुरंटक पुष्पों की माला पड़ी होगी—प्रगाढ़ आलिंगन में मसली हुई। सिरहाने एक कर्णफूल होगा, पैताने टूटी मेखला!

**अनसूया** : बेचारी!

**प्रियंवदा** : कुछ पल चुपचाप खड़ी रहना, तो धीरे-धीरे कई ध्वनियाँ उभरेंगी।

**अनसूया** : जैसे?

**प्रियंवदा** : वस्त्रों की सरसराहट...आभूषणों की झंकार...साँसों की तीव्रता...बाँहों का कसाव।

**(अन्दर कुछ आहट होती है। प्रियंवदा भीतरी द्वार तक जाकर झाँकती है।)**

**अनसूया** : देवी स्नानागार में पहुँचीं?

**प्रियंवदा** : पहुँचीं।

**अनसूया** : अनुलेपन रख दिया है?

**प्रियंवदा** : रख दिया है।

**अनसूया** : द्रोणी में सुगन्धित जल भर दिया है?

**प्रियंवदा** : भर दिया है।

**अनसूया** : स्नान में उनकी सहायता कर।...मैं अभी आयी।

**(प्रियंवदा का प्रस्थान। अनसूया कूचियाँ पोंछती है, रंगों के पात्रों में जल डालती है। आहार-पात्र उठाकर अनसूया का प्रस्थान। उद्यान वाले द्वार से प्रियंवदा का प्रवेश। हाथ में फूलों से भरी बेंत की टोकरी। कुछ पुष्पगुच्छ ऊपरी मंगल-कलश पर रखती है। अनसूया का प्रवेश। हाथ में कर्तनी। गवाक्ष तक आती है, उच्छृंखल ढंग से बढ़ी हुई लतरें छाँटने लगती है।)**

**प्रियंवदा** : अनसूये!

**अनसूया** : प्रियंवदे!

**प्रियंवदा** : *(अर्थपूर्ण स्वर में)* देवी को देखा?

**अनसूया** : देखा।

**प्रियंवदा** : क्या-क्या?

**अनसूया** : *(कृत्रिम भोलेपन से)* वही, जो हर दिन देखती हूँ—हंसगति... देहलता... मुखचन्द्र...धनुषभ्रू...अधरपल्लव...मृगनैन...

**प्रियंवदा** : कुछ विशेष नहीं, मेनके?

**अनसूया** : नहीं तो! ऐसा क्या है, उर्वशी?

**प्रियंवदा** : तो फिर से जाओ और ध्यान से देवी को देखो! पल-भर के लिए तुम्हारी पलकें झपक जाएँगी।...

**अनसूया** : क्यों?

**प्रियंवदा** : क्योंकि ऐसा दृश्य कुमारी-कन्या के हृदय पर भारी पड़ता है, पर तुम सारा मनोबल लगाकर उन्हें ऊपर से नीचे तक परखना।

**अनसूया** : तो?

**प्रियंवदा** : तुम्हें मालूम होगा कि उनका केशकलाप बिलकुल उलझ गया है... उनकी मन्द-मन्थर गति में तृप्ति का मादक आलस है।

**अनसूया** : ऐसा?

**प्रियंवदा** : तनिक सामने की ओर पहुँचना तो जानोगी कि...

**अनसूया** : कि?

**प्रियंवदा** : देह का अंगराग...माथे का तिलक...आँखों का अंजन...अधरों का लाक्षारस...कपोलों के विशेषक...वक्ष के पत्रभंग...सब मिटे या अधमिटे हैं।

**अनसूया** : भला क्योंकर?

**प्रियंवदा** : कुछ को व्यग्र स्पर्शों ने सोख लिया। कुछ आलिंगनों की तरंगों

में विलीन हुए। रहे-सहे तप्त चुम्बनों में झुलस गये।

**अनसूया** : च्चच्च...च्चच्च...!

**प्रियंवदा** : कुछ पास जाना, तो देखोगी कि उनकी देह पर कितने ही दन्तक्षत और नखविन्यास हैं। इसलिए उन्होंने आज हम लोगों को अपने पास से हटा दिया है।...जानती हो, कहाँ-कहाँ?

**(गोपन-भाव से कुछ कहने को झुकती है। कीर्तिभट्ट का प्रवेश।)**

**कीर्तिभट्ट** : राजभवन से रथ आ गया?

**अनसूया** : आ गया।

**प्रियंवदा** : आ गया!

**(वापस आती है। गवाक्ष के निकट आ कटी हुई लतरें बटोरती है। फिर प्रस्थान।)**

**कीर्तिभट्ट** : देवी का कार्यक्रम?

**अनसूया** : यहाँ से राजप्रसाद जाएँगी। परिवार के साथ पूजन-अर्चन होगा। फिर मदनोद्यान। उसके बाद सभामंडप।

**कीर्तिभट्ट** : देवी के वस्त्राभूषण निकाले?

**अनसूया** : निकाले।

**कीर्तिभट्ट** : आज क्या पहनेंगी?

**अनसूया** : *(मुस्कान सहित)* कुंकुमी अंशुक, हंसों के जोड़े वाला दुकूल...कानों में कनककमल, गले में इन्द्रनील मुक्तावली, बाँहों और कलाइयों में अंगद और वलय, उँगलियों में नीलम की अँगूठियाँ, कटि में रत्नोंजड़ी मेखला...

**(भीतरी द्वार पर कुछ आहट। प्रियंगुमंजरी का प्रवेश।)**

**प्रियंगुमंजरी** : प्रियंवदा!

**प्रियंवदा** : देवि!

**प्रियंगु** : अनसूया!

**अनसूया** : देवि!

**(कीर्तिभट्ट का प्रस्थान।)**

**प्रियंगु** : आज क्या बात है?...एक के बाद एक अपशकुन होते जा रहे हैं। नींद टूटने से कुछ देर पहले बहुत बुरा सपना देखा। उठी, तो सूर्य में कबन्ध का आभास हुआ। *(दिखलाते हुए)* यह पुष्पगुच्छ तोड़ने पल भर को उद्यान में गयी, तो मृगछौना बायीं ओर से निकला। लौटने लगी, तो बाहर पथ पर एक मैला-

कुचैला साधु हाथ में मोरछल लिये दिखाई पड़ा। भीतर आयी, तो अन्त:पुर के ऊपर कौवे एक साथ काँव-काँव करने लगे।

**अनसूया** : *(स्नेहपूर्ण उपालम्भ से)* छि: देवि!...कैसी बातें करती हैं!

**प्रियंवदा** : आज का दिन तो इतना शुभ है, इतना मांगलिक!

**प्रियंगु** : मैं क्या यह नहीं जानती? नहीं चाहती? लेकिन इन आशंकाओं का क्या करूँ जो प्रभंजन के सूखे पत्तों के समान बारम्बार मेरे मन में लहरा रही हैं?

**अनसूया** : चिन्ता न करें, देवी!

**प्रियंवदा** : परम आह्लाद में दुर्भावना भी आने लगती है।

**(विराम)**

**प्रियंगु** : गृहस्वामी कहाँ हैं?

**अनसूया** : अपने मित्र के यहाँ!

**प्रियंवदा** : कुछ समय पहले आचार्य सौमित्र का सन्देश भी आया था।

**प्रियंगु** : क्या?

**अनसूया** : कि कविश्रेष्ठ दोपहर का भोजन हमारे साथ ही कर चुके हैं।

**प्रियंवदा** : देवी प्रतीक्षा न करें।

**प्रियंगु** : ओह...*(दोनों की ओर पीठ किये)* कविश्रेष्ठ उठे कब थे?

**(छोटा-सा विराम)**

**अनसूया** : प्रतिदिन के समय।

**प्रियंगु** : *(मुड़ती है)* और बाहर कब गये थे?

**प्रियंवदा** : सूर्योदय के एक पहर बाद।

**(विराम। प्रियंवदा टोकरी उठाकर उद्यान में चली जाती है। अनसूया भीतरी द्वार की ओर बढ़ती है।)**

**प्रियंगु** : अनसूया...!

**अनसूया** : देवि!

**प्रियंगु** : तनिक दर्पण तो ला!

**(अनसूया का प्रस्थान। विराम। अनसूया का प्रवेश।)**

**अनसूया** : देवि!

**प्रियंगु** : (बिना मुड़े) रख दे!

**(अनसूया दर्पण चौकी पर रख देती है। भीतर चली जाती है। प्रियंगुमंजरी आकर दर्पण उठाती है और ध्यान से अपना प्रतिबिम्ब देखती है—मुँह आड़ा-तिरछा करके। दर्पण कुछ ऊपर उठाकर देह के ऊपरी भाग की प्रतिछवि परखती है।**

**विचारमग्न-सी। भीतर द्वार की ओर देखती है, पुकारने को होती है, फिर रुक जाती है। दर्पण फिर सामने कर लेती है। उँगली से अधरों, कपोलों, चिबुक और गले पर जहाँ-तहाँ छूती है। भीतरी द्वार की ओर मुँह करके)**

: अनसूया!

**(तत्काल भीतरी द्वार की तरफ पीठ कर लेती है। कुछ क्षणों बाद अनसूया का प्रवेश)**

**अनसूया** : देवि!

**(विराम)**

**प्रियंगु** : प्रियंवदा कहाँ है?

**अनसूया** : उद्यान में है, देवि!...तिलपर्णिका चुन रही है।...बुलाऊँ क्या?

**प्रियंगु** : नहीं।

**(विराम)**

**अनसूया** : क्या आज्ञा है, देवि?

**(विराम)**

**(प्रियंगुमंजरी कुछ कहने को होती है। पर सलज्ज स्मित से यकायक ठिठक जाती है। दर्पण में एकाध जगह देखती है।)**

**प्रियंगु** : *(झेंपी मुस्कान से अनसूया से)* कुछ नहीं...तू...जा...

**(अनसूया का मन्द मुस्कान सहित तीव्रता से प्रस्थान। प्रियंगु फिर दर्पण में मुँह देखती है। बाहरी द्वार से कालिदास का प्रवेश। हाथ में 'कुमारसम्भव' की पांडुलिपि। प्रियंगु दर्पण में उसका प्रतिबिम्ब देखते ही चौंक और लजा जाती है। मुड़ते हुए दर्पण पीछे छिपा लेती है।)**

**कालिदास** : *(द्वार पर ठिठक जाता है)* देवि, बड़ी धुली-धुली लग रही हैं...अर्थात् देवी का प्रात:काल अभी हाल में ही हुआ है।...तो प्रात: अभिवादन स्वीकार करें।...करेंगी?...*(प्रियंगु लाज से मुड़ती है। दर्पण आगे छिपा लेती है।)*...नहीं करेंगी? *(कुछ आगे आ जाता है।)* मुझे देखते ही देवी चौंक क्यों उठीं...? क्या छिपा लिया है?

**प्रियंगु** : *(मुड़कर, किंचित् अस्त-व्यस्त-सी)* नहीं तो...कुछ तो नहीं...

**(हाथ पीछे किए रहती है। कालिदास पांडुलिपि चौकी पर रखकर निकट आने लगता है। प्रियंगु अपनी ही जगह सिमट जाती है। कालिदास प्रियंगु के दोनों ओर से हाथ पीछे ले**

**जाकर दर्पण पकड़ने की चेष्टा करता है। प्रियंगु कुछ क्षण प्रतिरोध करती है। फिर दर्पण छोड़ देती है—बाँहों में बँधी-बँधी, मुँह उसके वक्ष में छिपा लेती है। कुछ पलों बाद अलग होती है। एक ओर खड़ी हो जाती है, लजाई-सी। कालिदास दर्पण चौकी पर रख देता है। एकटक प्रियंगु की तरफ देखता है, मोहभरी दृष्टि से।)**

**कालिदास** : *(मृदु स्वर में)* प्रियंगु... !

**(प्रियंगु सलज्ज स्मित से सिर और झुका लेती है। कालिदास निकट आता है। प्रियंगु की दोनों बाँहें थाम लेता है। उसे अपनी ओर घुमाता है। कपोलों पर हथेलियाँ रख, चेहरा ऊपर उठाता है। प्रियंगु पलकें बन्द कर लेती है। कालिदास नेह-भरी आँखों से उसकी ओर देखता है।...उद्यान वाले द्वार से नूपुरों की झंकार सहित प्रियंवदा का लगभग दौड़ते हुए प्रवेश। दोनों अचकचाकर अलग हो जाते हैं।)**

**प्रियंवदा** : *(लम्बी-लम्बी साँसें लेती हुई नीचे देखने लगती है, झेंपी-सी)* मैं यह कहने आयी थी, देवि...कि आपके हाथों से लगाई गयी वन-ज्योत्सना में...फूल आ गये हैं।

**प्रियंगु** : *(संकेत से पास बुलाती है। अपनी माला उतारकर उसके गले में पहना देती है। एक उँगली से उसकी चिबुक उठाकर)* इसीलिए तो तेरा नाम प्रियंवदा है!

**(प्रियंवदा हँसकर एक पग पीछे आती है। पल-भर के लिए आत्मीय मुस्कान से कालिदास की तरफ़ देखती है। उद्यान में भाग जाती है। प्रियंगु सामने वाले द्वार तक पहुँचती है, एक दृष्टि उद्यान पर डालती है, मुड़कर द्वार से टिक जाती है। कालिदास की ओर देखती है। आँखें झुका लेती है। मीठे स्वर में।)**

: वेशभूषा से मालूम हो रहा है कि नगर के भीतरी भाग में चले गये थे।

**कालिदास** : हाँ...कुछ देर घूमता रहा, रास्तों और गलियों में...गायन और वादन सुनता हुआ, स्वाँग और नाच देखता हुआ...कोलाहल और कलरव का प्रत्यक्ष साक्षी बना, उसी का एक भाग होकर... *(ठिठकता है)* सुन रही हो?... *(नेपथ्य में कोलाहल और वाद्य-ध्वनियाँ कुछ तीव्र होकर मन्द हो जाती हैं।)* आज

मदनोत्सव है और उसे मनाने के लिए नगरवासी जैसे मदोन्मत्त हो उठे हैं...सामूहिक करतल-ध्वनि और अकेले मृदंग का मधुर घोष...मर्दल का गुरु-गम्भीर गर्जन और चर्चरी की दूर-दूर तक गूँजने वाली उन्मादिनी लय...उत्तेजक नृत्यों में अस्त-व्यस्त वस्त्र, उड़ती मालाएँ, बिखरे केशपाश...श्रम से लाल हुए कपोल और माथे पर स्वेद-बिन्दु...महलों के गवाक्षों में मुखमंडल जैसे जड़े हुए...नीचे पिचकारी लिये ढीठ युवतियाँ और ऊपर से सोल्लास बरसता हुआ अबीर और गुलाल...ऐसा घना और निरन्तर...कि दिशाएँ तक धूमिल हो उठी हैं...

**प्रियंगु** : *(तिरछी चितवन से)* यह अबीर-गुलाल किसने डाला...किसी ढीठ युवती ने ही?

**कालिदास** : *(मुस्कान दबा कर)* हाँ!

**प्रियंगु** : पहचान कर?...या बिना पहचाने?

**कालिदास** : पहचान कर...बोली कि कविवर! इसी गुलाल से हमारी राजदुहिता के कपोल हमारी ओर से लाल कर देना!

**प्रियंगु** : अच्छा!...क्या उत्तर मिला उसे?

**कालिदास** : मैंने कहा कि भद्रे! बस, कुछ पास जाने की आवश्यकता होती है।...*(पीछे पहुँचकर एक बाँह से घेर लेता है।)* तुम्हारी राजदुहिता के कपोल तो...*(मुस्कराता है। दूसरे हाथ से उसका मुँह अपनी ओर घुमाता है।)* विश्वास न हो, तो दर्पण दिखलाऊँ?

**प्रियंगु** : *(मुसकरा पड़ती है। ठहरकर)* छोड़ दो, अन्यथा...

**कालिदास** : अन्यथा दूसरी कन्याकुमारी आ जाएगी?

**प्रियंगु** : *(हँसती है)* आर्य सौमित्र को नया सर्ग सुना दिया?

**कालिदास** : हाँ।

**प्रियंगु** : गोष्ठी में और कौन-कौन था?

**कालिदास** : कई लोग थे...नगर के लगभग सभी चुने हुए रचनाकार।

**प्रियंगु** : क्या सुझाव मिले?

**कालिदास** : कुछ विशेष नहीं।...काव्य पूरा हो जाये, तभी तो लोग अपना मत बना पाएँगे। यों इस गोष्ठी का कोई अर्थ नहीं था, लेकिन सौमित्र का आग्रह था, इसलिए...*(ठिठककर)* हाँ, दिङ्नाग ने एक दोषारोपण किया।

**प्रियंगु** : क्या?

**कालिदास** : बड़ी व्यंग्यभरी मुस्कान से बोले कि पहले सर्ग में आपने लिखा

है कि शुद्ध भाषा से विद्वान की शोभा बढ़ती है...

**प्रियंगु** : संस्कारवत्येव गिरा मनीषी...

**कालिदास** : और यहाँ से केवल छः श्लोकों के बाद एक अशुद्धि शोभायमान हो रही है...लावण्य उत्पाद्य इवास यत्न...इसमें आपने अस् धातु के द्वितीय भूतकालिक अन्यपुरुष एकवचन का आस प्रयोग किया है, जबकि पाणिनी के 'अस्तेर्भूः' सूत्र के अनुसार अस् धातु के स्वतन्त्र रूप का व्यवहार द्वितीय भूतकाल में नहीं हो सकता।

**प्रियंगु** : तुमने क्या कहा?

**कालिदास** : मुझसे पहले ही सौमित्र बोल उठे कि अश्वघोष, भास और आर्य शूर की जातकमाला में ऐसे अनेकानेक प्रयोग मिलते हैं। रचनाकार कभी वैयाकरणों की कट्टरता से नहीं बँधता, बल्कि अपनी दृष्टि से भाषा को संस्कार देता है।

**प्रियंगु** : आर्य सौमित्र ने और कोई विशेष बात नहीं कही?

**कालिदास** : क्या मतलब?

**प्रियंगु** : यह नहीं पूछा कि इस नये सर्ग में उमा के चरित्र...उसके क्रियाकलाप का आधार कौन-सा व्यक्ति है?

**कालिदास** : नहीं तो!

**प्रियंगु** : सुनते हुए गूढ़ भाव से मुसकराए तो होंगे?

**कालिदास** : मैंने तो नहीं देखा!

**प्रियंगु** : *(बलपूर्वक)* सच कह रहे हो? उन्होंने कुछ भी नहीं पूछा?

**कालिदास** : मुझे तो यही स्मरण आता है।

**प्रियंगु** : तब फिर इतनी देर क्या बातें करते रहे?

**कालिदास** : करने को बातें बहुत थीं।...एक मास से राजधानी की जीवनधारा से कटा हुआ था। फिर से प्रवाह में आने के लिए बहुत कुछ सुनना था, जानना था—साहित्यिक राजनीति के मोड़, राजनीतिक राजनीति के चढ़ाव-उतार... *(ठिठककर)* तुमने कुछ सुना है...?

**प्रियंगु** : क्या?

**कालिदास** : बंगदेश में गुप्त साम्राज्य के विरुद्ध कोई भीषण षड्यन्त्र चल रहा है?

**प्रियंगु** : मैंने तो कुछ नहीं सुना!...कैसा षड्यन्त्र? किस प्रकार का?

**कालिदास** : विस्तार से कुछ नहीं मालूम! बिलकुल उड़ता हुआ समाचार है।

**प्रियंगु** : *(कुछ पल सोचकर, लापरवाही से)* ऊँह, यह सब तो चलता

ही रहता है।...और क्या बातें हुईं?

**कालिदास** : शकुन्तला के आख्यान को लेकर जो नाटक लिखने की सोच रहा हूँ, उसके सम्बन्ध में सौमित्र से चर्चा की। फिर आज सर्ग पढ़ने से पहले सभामंडप में जो कहना है, उसका पूर्वाभ्यास किया।

**प्रियंगु** : *(मुस्कान सहित)* क्या कहोगे?

**कालिदास** : थोड़ा-सा कुछ काव्य के सम्बन्ध में।

**प्रियंगु** : एक बार मेरे सामने भी दुहरा लो न! शायद मैं कुछ सुझाव दे सकूँ।

**कालिदास** : *(मुसकराकर)* अच्छा!

**प्रियंगु** : (कोने के आसन तक बढ़ आती है) समझ लो कि इस आसन पर तुम बैठे हो!...यहाँ से प्रारम्भ करो।

**(कालिदास तनिक हिचकिचाहट से उसकी ओर देखता है।)**

*(आग्रह से)* प्रारम्भ करो न!

**कालिदास** : *(मुस्कान से)* अच्छा...

*(आसन पर बैठ जाता है। कुछ क्षणों बाद गम्भीर भाव से उठता है। आसनों का चक्कर काटकर दर्शकों की ओर मुँह कर खड़ा हो जाता है।)*

: महामहिम सम्राट्! ...सेनापति! राजपुरोहित! धर्माध्यक्ष! महादंडनायक! मन्त्रिपरिषद् के सदस्यगण! और काव्यरसिको! *(उसी प्रवाह में)* प्रियंगुमंजरी, हँसो मत!

**प्रियंगु** : *(प्रगल्भ मुस्कान से)* क्षमा कीजिए, कवि-सम्राट्!

**(विराम। अगले संवाद के बीच प्रियंगु इस किनारे से उस किनारे तक टहलती रहती है।)**

**कालिदास** : *(खाँसकर)* सातवें सर्ग तक 'कुमारसम्भव' की रचना लगभग तीन मास पहले ही हो गयी थी और यह आठवाँ सर्ग अभी पिछले सप्ताह समाप्त हुआ है। बीच में मेरे जीवन में बहुत महत्त्वपूर्ण मोड़ आया, जिससे यह व्यवधान उपस्थित हुआ। सात सर्गों का पाठ मैं अलग-अलग राज-गोष्ठियों में कर चुका हूँ, इसलिए यह ठीक समझा गया है कि इस अवसर पर केवल नया सर्ग ही पढ़ा जाए।...इस महाकाव्य की पूरी कथावस्तु बतलाकर मैं आपकी उत्सुकता समाप्त नहीं करना चाहता, लेकिन पूर्ववर्ती सात सर्गों का बहुत संक्षिप्त विवरण आवश्यक

होगा, क्योंकि यह हो सकता है कि अनेक श्रोता पिछली गोष्ठियों में उपस्थित न रहे हों! पहले सर्ग में मैना और हिमालय नामक दम्पती के यहाँ उमा का जन्म होता है और कालान्तर में वह युवावस्था में पर्दापण करती है।...दूसरे सर्ग में तारक नामक राक्षस का वर्णन है, जिसके अनाचार से देवतागण संत्रस्त हैं। वे सब ब्रह्मा के पास तारक के वध की प्रार्थना लेकर जाते हैं, लेकिन कठिनाई यह है कि तारक को ब्रह्मा की ओर से ही अमरत्व का वरदान प्राप्त है। ऐसी स्थिति में एकमात्र महादेव का भावी पुत्र ही तारक का विनाश कर सकता है, पर महादेव के तेजस्वी पौरुष को धारण करने की सामर्थ्य केवल उमा में ही है...तीसरे सर्ग में कन्दर्प समाधिस्थ महादेव के मन में काम का संचार करने के लिए भेजा जाता है, लेकिन उनके क्रोध की नेत्राग्नि में झुलसकर राख हो जाता है।...चौथे सर्ग में अपने पति के देहान्त पर रति का विलाप है।...पाँचवें सर्ग में उमा पतिरूप में महादेव की प्राप्ति के लिए अत्यन्त कठिन तपस्या करती है और महादेव के मन में भी उमा के लिए प्रेम उत्पन्न हो जाता है।...छठे सर्ग में महादेव की ओर से हिमालय के पास उमा के साथ विवाह का प्रस्ताव आता है...

**प्रियंगु :** *(प्रगल्भता से)* और सहर्ष स्वीकार किया जाता है। *(कालिदास मुस्कान सहित उनकी ओर देखता है।)*

**कालिदास :** सातवें सर्ग में उमा और महादेव का ब्याह होता है।...तत्पश्चात् आठवाँ सर्ग है, जिसे आपकी सेवा में प्रस्तुत कर रहा हूँ...पाणि-पीडनविधेरनन्तरं शैलराजदुहितुर्हरं प्रति...

**प्रियंगु :** *(हँसते हुए)* इत्यादि इत्यादि... *(यकायक गम्भीर आग्रह से)* इसमें से वह पंक्ति निकाल दो—जीवन में मोड़ और व्यवधान वाली...

**कालिदास :** *(कृत्रिम गम्भीरता से)* जैसी देवी की आज्ञा।

**प्रियंगु :** *(कुछ रुककर, उपालम्भ के स्वर में)* लेकिन उससे भी क्या होगा? लोग तो समझ ही जाएँगे कि यह सर्ग तुमने ब्याह के बाद लिखा है?

**कालिदास :** हाँ, समझ तो जाएँगे, लेकिन वही जो हमें निकट से जानते हैं। दूसरों को और नगर से बाहर वालों को कुछ पता नहीं चलेगा।

**प्रियंगु :** कैसे नही चलेगा? उन सबका मार्गदर्शन जो कर दिया है आपने! इकसठवें श्लोक में मेरा नाम नहीं ले आये हो?... *(नक़ल उतारते हुए)* यह उदित होता हुआ चन्द्रमा प्रियंगु के फल के समान लाल दिखलाई पड़ रहा है!...सारे संसार में बस, यही एक उपमा रह गयी थी... *(कुछ पल आरोप की दृष्टि से देखती रहती हैं।)* तुमने ऐसा क्यों किया?

**कालिदास :** क्या?

**प्रियंगु :** यह सर्ग पहले ही क्यों नहीं लिख लिया?...ब्याह के पहले...बाद के लिए क्यों रख छोड़ा?

**कालिदास :** *(कृत्रिम भोलेपन से)* तब मुझे इस बात का अनुभव कहाँ था कि ब्याह के बाद नवदम्पती का पारस्परिक...व्यवहार क्या और कैसा होता है?

**प्रियंगु :** *(झेंपकर)* हटो...जैसे अभी तक सब कुछ तुमने अनुभवों से ही लिखा हो!..कल्पना और अन्तर्दृष्टि क्या किसी ने छीन ली थी?

**कालिदास :** लेकिन तब अनुभूति की प्रखरता कहाँ से आती?

**प्रियंगु :** यह क्यों नहीं कहते कि मुझे लज्जित करने का आनन्द कहाँ से मिलता?...अब मैं कैसे जाऊँ राजमंडप में?...माता-पिता, परिवार के कुल सम्बन्धी, गुरुजन, सब सखियाँ-सहेलियाँ, निम्न और उच्च सारे पदाधिकारी, सामन्त और मांडलिक, सम्भ्रान्त नागरिक और उनकी धर्मपत्नियाँ, दौवारिक, प्रतिहार और दासियाँ—सभा में उपस्थित एक-एक व्यक्ति समझ जाएगा कि काव्य की यह उमा *(संकेत सहित)* वह बैठी है...सामने!

**कालिदास :** तो क्या हुआ?

**प्रियंगु :** तो क्या हुआ?... *(कुछ पल मन्द स्मित सहित कालिदास की ओर देखती रहती है।)* तुम सर्ग-आठ प्रारम्भ करोगे और लोगों के सामने नवदम्पती के अन्तरंग जीवन की परतें खुलने लगेंगी। तुम पन्ने पर पन्ने पलटते जाओगे और श्रोता जैसे दर्शक बनकर पति-पत्नी की उन्मुक्त प्रणय-लीला देखेंगे...यौवन के उष्ण रक्त में ज्वार आने के चित्र...उत्तेजना और उन्माद और तृप्ति के आरोहावरोह...दो शरीरों के एक-दूसरे में समा जाने के दृश्य...मैं वहीं बैठी रहूँगी, चुपचाप, सिर झुकाये...पलक उठाकर किसी ओर देख नहीं सकूँगी और हर पल, हर क्षण

कचोटती रहेगी यह बात कि तमाम आँखें मेरे ही ऊपर लगी हुई हैं। मुझको ही देखते हुए अनेक अधरों पर सूक्ष्म मुस्कान आ गयी है और मुझे ही लेकर अनेक दृष्टियों में गोपनीय संकेतों का आदान-प्रदान हुआ है।...हर श्लोक के बाद मैं अपने आप में ही सिमटती आऊँगी। हर श्लोक के बाद मेरे माथे पर स्वेद-बिन्दु उभरते नज़र आएँगे, हर श्लोक के बाद मेरा हृदय-स्पन्दन बढ़ता जाएगा...और जब तुम 'इति उमासुरतवर्णनं नामाष्टमः सर्गः'...कहकर अन्तिम पृष्ठ नीचे रखोगे, तो मेरी यह दशा होगी कि बस, धरती फटे और मैं उसमें समा जाऊँ...

**कालिदास** : *(हल्की मुस्कान से)* तुम इस तरह से सोचोगी, यह बात मेरे मन में नहीं आयी थी।

**प्रियंगु** : *(प्रगल्भ दृष्टि से उसकी ओर देखकर)* तुम स्त्री नहीं हो न, इसीलिए!...*(पांडुलिपि उठाकर पन्ने पलटने लगती है। रुककर, मन्द स्मित से)* बहुत विचित्र-सा लग रहा है। *(कालिदास प्रश्नात्मक दृष्टि से देखता है। कुछ क्षण सोचती-सी रह जाती है)* उज्जयिनी के जिस नागरिक ने कभी राजप्रसाद के सिंहद्वार में भी पैर नहीं रखा, मुझे कभी देखा नहीं, जाना नहीं, वह इस आठवें सर्ग के पृष्ठ खोलेगा...और मेरे भवन के अन्तःपुर के शयनागार के बन्द द्वार खुलने लगेंगे।...मेरे बिलकुल निजी अनुभव, मेरी नितान्त व्यक्तिगत अनुभूतियाँ इस तरह उजागर हो जाएँगी, जैसे किसी प्रदर्शनी में रखी हों!...*(ठिठकती है)* आगे सम्बन्धियों या मित्रों-परिचितों के बीच कभी-कभी मैं कितनी संकुचित हो उठूँगी, जब बातों-ही-बातों में कोई ऐसा प्रसंग आ जाएगा, जो...*(अटक जाती है। क्षणिक विराम, मन्द मुस्कान सहित)* मालूम नहीं था कि रचनाकार से जीवन जोड़ लेने के बाद कुछ भी गोपनीय नहीं रह जाता।

**कालिदास** : *(निकट आते हुए)* क्या गोपनीय रखना चाहती थीं?...*(कन्धों पर हाथ रखकर)* बोलो न?

**(प्रियंगु मुसकराती है। उसके वक्ष में मुँह छिपा लेती है। कालिदास अभिभूत-सा उसके केश सहलाता है। बाहरी द्वार से नूपुरों की झंकार सहित अनसूया का प्रवेश। दोनों**

**अलग हो जाते हैं।)**

**अनसूया :** *(आँखें झुकाये, झेंपी-सी)* सारथि ने याद दिलायी है कि महारानी का सन्देश था कि अगर देवी कुछ जल्दी आ सकें...

**प्रियंगु :** *(मृदु स्वर में)* उससे कह दे अनसूया, कि मैं कुछ अस्वस्थ अनुभव कर रही हूँ।...वह जा सकता है। *(अनसूया पल-भर के लिए प्रियंगु की ओर देखती है। सिर झुकाए चली जाती है। कालिदास से दृष्टि मिलने पर उदास-सी मुसकराती है। आगे आती है। दोनों हाथों से उसके माथे को छूती है।)* इस उन्नत मस्तक पर सम्राट् सुवर्ण पट्ट बाँधेंगे। राजपुरोहित मांगलिक श्लोक पढ़ेंगे। धर्माध्यक्ष पूजन के पुष्पों की वर्षा करेंगे। ...सभा-मंडप गूँज उठेगा करतल-ध्वनि से...लेकिन यह कैसी विडम्बना है कि जिस व्यक्ति को यह समारोह सबसे अधिक सुख देगा, वही उसमें सम्मिलित नहीं हो सकता!...

**(कीर्तिभट्ट का आकुलता से प्रवेश)**

**कीर्तिभट्ट :** समय हो रहा है, स्वामी।

**(व्यस्तभाव से प्रस्थान।)**

**कालिदास :** *(भीतर जाने को होता है। फिर ठिठककर)* तो...तुम्हारा निश्चय अन्तिम है?

**प्रियंगु :** *(कुछ रुककर)* हाँ। ...*(हल्की मुस्कान से)* नयी, लज्जाशील पत्नी का निश्चय...

**(कालिदास अन्दर चला जाता है। प्रियंगु एक ओर बढ़ती है। कालिदास दो पलों के लिए ओझल हो एकाएक मुड़ता है।)**

**कालिदास :** सुनो! ...*(प्रियंगु घूमकर देखती है।)* अगले जन्म में किसी कवि या लेखक से ब्याह मत करना। अच्छा!

**(प्रियंगु मुसकराकर रह जाती है। कालिदास का प्रस्थान। प्रियंगु चित्रफलक के सम्मुख पहुँच जाती है। एक कूची उठाकर रेखाएँ खींचने लगती है। प्रकाश धीरे-धीरे मन्द होने लगता है। अँधकार।)**

# अंक : दो

**[ प्रकाश। दीपदान में दीप जल रहे हैं। प्रियंगु चित्रफलक के सामने है। बहुत अनमने भाव से कूची चला रही है। रुककर चित्र को देखती है। एक-दो पग पीछे हट यहाँ-वहाँ से निरखती-परखती है। आगे जाकर फिर कूची को रंग में डुबोती है। बायें द्वार तक जाती है। बाहर झाँककर देखती है। कुछ पल निश्चल खड़ी रहती है। फिर हाथ वक्ष पर बाँधे, मन्द-मन्थर गति से आसनों तक आती है। एक आसन के आस्तरण को यों ही सहेजती है। गवाक्ष के सम्मुख आ जाती है। दो क्षण ठिठककर चित्रफलक तक आती है। अधूरी आकृतियों की ओर देखती रहती है। फिर दो-तीन पग आगे आ बाहरी द्वार की ओर मुँह किए खड़ी हो जाती है—धीर-गम्भीर, राजकीय गरिमा सहित। प्रियंवदा और अनसूया का प्रवेश। ]**

**प्रियंगु :** प्रियंवदा!... *(जहाँ-की-तहाँ रुक जाती है। सिर झुका लेती है।)* ...अनसूया! (ठिठककर नीचे देखने लगती है।)...याद है, मेरा क्या आदेश था?...कि जैसे ही समारोह समाप्त हो, तुरन्त-तत्काल-अविलम्ब यहाँ आना है, एक-एक बात मुझे बतानी है।...मालूम नहीं था कि घर में अकेली रहूँगी और ऐसा कोई नहीं होगा जो बाहर निकलकर सूचना ला सके। ...*(छोटा-सा विराम)* जानती हो, सूरज डूबने से लेकर अब तक का समय मैंने कैसे काटा है! ...तुम लोगों को हुआ क्या था?...मति भ्रष्ट हो गयी थी? या किसी ने मदिरा पिलाकर अचेत कर दिया था? या अभिसार के लिए चली गयी थीं?...*(विराम)* अब चुप क्यों हो? बोलतीं क्यों नहीं?...क्या जीभ भी वहीं छूट गयी है, जहाँ से इठलाती हुई चली आ रही हो?...प्रियंवदा! तू बता! *(प्रियंवदा दुकूल का छोर आँखों पर रखती है। दो-तीन सिसकियाँ लेती है, भीतर भाग जाती*

*है। चौंककर भीतरी द्वार की तरफ देखते हुए)* क्या हुआ...? *(अनसूया की ओर मुड़कर)* रो क्यों रही है?...क्या बात है, अनसूया?

**अनसूया :** हम लोग इसलिए रुक गयी थीं कि यह दु:खद समाचार आपको किसी और से मिल जाए, हमें अपने मुँह से न कहना पड़े।

**प्रियंगु :** कौन-सा समाचार? हुआ क्या है?

**अनसूया :** वह हो गया है देवि, जो नहीं होना था।

**प्रियंगु :** क्याऽऽऽ हो गया है?

**अनसूया :** समारोह नहीं हुआ, देवि!

**प्रियंगु :** क्या प्रलाप कर रही है!...समारोह कैसे नहीं हुआ! दुंदुभि और तूर्यनाद तो यहाँ तक सुनाई दे रहा था!

**अनसूया :** मेरा मतलब है...सम्मान नहीं हुआ?

**प्रियंगु :** समारोह हुआ...और सम्मान नहीं हुआ?

**अनसूया :** नहीं देवि! महाकाल के पुजारी ने बीच में ही...

**प्रियंगु :** *(आश्चर्य से)* महाकाल के पुजारी?...मन्दिर से बाहर निकले थे? मंडप में आये थे?

**अनसूया :** हाँ, देवि! उन्हीं के कारण तो सम्मान-समारोह अपमान-समारोह में बदल गया।

**प्रियंगु :** *(तनिक रुककर)* धीरे-धीरे बता! ...मैं तो कुछ भी नहीं समझ पा रही हूँ।

**(बीच की ओर आ जाती है। अनसूया भी बढ़ती है।)**

**अनसूया :** सम्राट् और सारे पदाधिकारी और सब सभासद अपनी-अपनी जगह बैठ चुके थे। कार्यवाही आरम्भ होने ही वाली थी कि पुजारी महोदय पधारे!...उन्हें मन्दिर से बाहर निकले पूरे बीस वर्ष हुए हैं न?

**प्रियंगु :** (सोचकर) हाँ, मैं छोटी-सी थी, जब सौराष्ट्र-विजय के बाद आशीर्वाद देने आये थे।

**अनसूया :** उन्हें देखते ही सब लोग हर्षविभोर हो उठे। सम्राट् ने तुरन्त उठकर उनके चरण छुए, स्वागत किया।

**प्रियंगु :** उन्होंने आने का कारण क्या बताया?

**अनसूया :** बोले, मैंने सुना है कि कालिदास की इस कृति का सम्बन्ध मेरे नीलकंठ से है। तो सोचा कि मैं भी तनिक काव्यामृत का

पान कर लूँ।

**प्रियंगु** : फिर?

**अनसूया** : जब कवि खड़े हुए, तब उन्होंने भी हँसकर कहा कि धर्मगुरु की उपस्थिति से ही मैं इतना गौरवान्वित हो गया हूँ कि अब प्रसादपट्ट की आवश्यकता नहीं रही।

**प्रियंगु** : आगे?

**अनसूया** : कविवर ने अपना प्रारम्भिक वक्तव्य दिया, कथानक की संक्षिप्त रूपरेखा बतलायी। फिर काव्य-पाठ प्रारम्भ किया...मंडप में ऐसा सन्नाटा था, जैसे वह बिल्कुल निर्जन हो। सब लोग मन्त्रमुग्ध-से सुन रहे थे। सबकी आँखें कवि पर लगी थीं। बस उनका मधुर स्वर...और वातावरण में काव्य-पंक्तियों की ध्वनियों का वितान, जो धीरे-धीरे घना होता जा रहा था। ...श्लोक के बाद श्लोक और पृष्ठ के बाद पृष्ठ...जैसे समय भी एक कोने में सम्मोहन से बँधा खड़ा था। *(प्रियंगु की तरफ देखते हुए, उदास मुस्कान से)* लेकिन जल्दी ही यह मायाजाल टूट गया।

**प्रियंगु** : कैसे?

**अनसूया** : ज्यों ही वह स्थल आया कि शयनागार में उमा और महादेव एक-दूसरे को पराजित करने पर तुले हुए थे। दोनों के केश छितरा गये, चन्दन पुछ गया, उमा की मेखला टूट गयी, लेकिन उनके साथ...*(अटक जाती है। खाँसकर)* क्रीड़ा-केलि से महादेव का मन नहीं भरा...त्यों ही क्रोध से तमतमाया चेहरा लिये धर्मगुरु खड़े हो गये और गरजकर बोले कि यह सर्ग अत्यन्त अश्लील है। जगतपिता महादेव और जग-जननी पार्वती के भोग-विलास का ऐसा उद्दाम, ऐसा स्वच्छन्द, ऐसा नग्न चित्रण!...इसका रचयिता पापी है इसके श्रोता पापी हैं।...ऐसे अधर्मी और अनाचारी कवि के सम्मान में समारोह में जो भाग ले, वह पापी है। ...जो उसका निमित्त बने, वह पापी है। जो उसमें सहायता दे, वह पापी है।...तुरन्त राजपुरोहित और धर्माध्यक्ष खड़े हो गये और सम्राट् से क्षमा माँगने लगे कि वे इस आयोजन में भाग नहीं लेंगे। महादंडनायक ने कहा कि यह सर्ग अत्यन्त मर्यादाहीन है। मन्त्री-परिषद् के पाँच-छः वृद्ध सदस्य बोले कि उनकी धार्मिक भावनाओं को ठेस

पहुँची है। तभी व्यापारी संघ के प्रधान सोमदत्त खड़े हुए और कहने लगे कि यह सर्ग बहुत अश्लील है। प्राध्यापक विद्याभास्कर ने माँग की कि 'कुमारसम्भव' पर प्रतिबन्ध लगाया जाए, क्योंकि कच्चे मस्तिष्कों पर इसका बुरा प्रभाव पड़ेगा।

**प्रियंगु** : पक्ष में कोई नहीं बोला?

**अनसूया** : आर्य सौमित्र ने बहुत ऊँचे स्वर में कहा कि सर्ग अश्लील नहीं है। पति-पत्नी के पारस्परिक सम्बन्ध भी कहीं अश्लील होते हैं? अश्लीलता आरोप करने वालों की दृष्टियों में है, उनकी आँखों में है, उनके मन में है। इसके बाद नयी पीढ़ी के आठ-दस रचनाकार खड़े हुए और बोले कि इस पुरानी पीढ़ी को काव्य की समझ ही क्या है। इनकी साहित्यिक चेतना तो वाल्मीकीय रामायण तक ही सीमित है। इन कट्टर पुराणपन्थियों का हस्तक्षेप हम किसी भी प्रकार सहन नहीं करेंगे।

**प्रियंगु** : फिर?

**अनसूया** : सभा में उपद्रव-सा मच गया। कोई किसी की सुनने को तैयार नहीं था। एक कह रहा था कि अश्लील है। दूसरा कह रहा था कि नहीं है।...तब सम्राट् खड़े हुए और उन्होंने सम्मानायोजन के स्थगन की घोषणा की। फिर दोनों दलों के चुने हुए लोगों के साथ वे भीतरी कक्ष में चले गये।

**प्रियंगु** : वहाँ क्या हुआ?

**अनसूया** : अभी तक वाद-विवाद चल रहा था।

**प्रियंगु** : *(दीर्घ निःश्वास लेकर)* गृहस्वामी वहीं हैं न?

**अनसूया** : नहीं, देवि! जैसे ही सभामंडप में अव्यवस्था आयी, वे चुपचाप एक किनारे से निकल गये थे। शायद किसी ने लक्ष्य भी नहीं किया।

**प्रियंगु** : *(चौंककर)* तब फिर कहाँ हैं?

**अनसूया** : *(ठहरकर, सिर झुकाए हुए)* मेरा तो विचार था कि यहीं होंगे। इसीलिए मैंने इतनी देर लगायी...सोचती थी कि आपको सब मालूम तो हो ही गया होगा। अब कुछ निर्णय हो जाये, तो उसकी भी सूचना लेकर जाऊँ।

**प्रियंगु** : *(स्निग्ध दृष्टि से अनसूया की ओर देखती है। निकट आती है, उसकी चिबुक पर उँगली रख, मुँह ऊपर उठाते हुए)* अनसूया! क्षमा कर दे!...मैंने तुम दोनों को नाहक ही बुरा-

भला कहा।

**(अनसूया प्रियंगु की ओर देखती हुई भीगी-सी मुस्कराती है। अन्दर चली जाती है। प्रियंगु एक आसन पर बैठती है। सूनी दृष्टि से सामने देखती रहती है। फिर उठ खड़ी होती है। कीर्तिभट्ट का प्रवेश।)**

**कीर्तिभट्ट** : देवि! आर्य सौमित्र पधारे हैं।

**(प्रस्थान। सौमित्र का प्रवेश।)**

**प्रियंगु** : आर्य सौमित्र! क्या आपके मित्र आपके साथ नहीं थे?

**सौमित्र** : *(ठिठक जाता है)* नहीं, कल्याणि...मैं सभा-मंडप से आ रहा हूँ। मेरा तो विचार था कि...

**प्रियंगु** : नहीं, यहाँ नहीं आये। *(विराम। डूबी-सी)* कहाँ चले गये?...इतने संवेदनशील हैं...पता नहीं, उनके ऊपर क्या बीती होगी! *(अपने को सँभालकर)* वहाँ की स्थिति कैसी है?

**सौमित्र** : बहुत भयंकर...राजपुरोहित, धर्माध्यक्ष, महादंडनायक, वरिष्ठ मन्त्रिगण और नगर के तमाम प्रभावशाली व्यक्ति, सभी तो शैव-धर्म के अनुयायी हैं। सम्राट् ने स्वयं पुजारी महोदय से दीक्षा लेकर उन्हें धर्मगुरु की उपाधि दी थी, इसलिए वे भी उनके सामने... *(अटक जाता है।)*

**प्रियंगु** : वे धर्मगुरु का बहुत सम्मान करते हैं।

**सौमित्र** : इसके बिलकुल विपरीत हमारी ओर से जो गिने-चुने युवा कलाकार हैं, उनमें से किसी के पास कोई बड़ा पद नहीं, कोई विशेष प्रभावशाली नहीं। विरोध इतना प्रबल है कि स्वयं सम्राट् को स्थिति सँभालने में कठिनाई हो रही है। *(ठहरकर)* मैंने लक्ष्य किया है कि धर्माध्यक्ष विशेष रूप से उग्र हैं।

**प्रियंगु** : वे मन-ही-मन आपके मित्र से बैर रखते हैं। *(सौमित्र प्रश्नसूचक दृष्टि से देखता है।)* जब ये नये-नये उज्जयिनी आये थे, तो धर्माध्यक्ष के पास गये थे कि किसी प्रकार से इनकी भेंट का प्रबन्ध करवा दें।...तब धर्माध्यक्ष ने इनके साथ अच्छा व्यवहार नहीं किया था। फिर बाद में इन्होंने धर्माध्यक्ष की उपेक्षा की। अब सौभाग्य से उन्हें अवसर मिल गया है, तो... *(होंठ काटकर चुप हो जाती। रुककर)* लेकिन एक बात नहीं समझ पा रही हूँ...धर्मगुरु एकाएक समारोह में कैसे पहुँच गये?

**सौमित्र** : *(हल्की मुस्कान से)* मुझे भी यह बात खटकी थी, इसलिए

थोड़ी-सी छानबीन कर ली है।...शायद आप जानती हों, राजधानी में रचनाकारों का एक वर्ग ऐसा भी है, जिसे कालिदास की दिन-दूनी रात-चौगुनी बढ़ती प्रतिष्ठा बहुत कष्ट दे रही है। यह उनकी कूटनीतिक चाल थी और इसमें प्रमुख हाथ दिङ्नाग का रहा है।

**प्रियंगु :** *(धीमे स्वर में)* ओह...!

**सौमित्र :** आज सुबह मेरे यहाँ जो गोष्ठी थी, उसमें यह महाशय आये थे। मालूम हुआ है कि दोपहर को ये महाकाल के मन्दिर गये थे। धर्मगुरु को बतलाया होगा कि कालिदास के इस काव्य के नायक आपके आराध्य हैं। उनके मन में उत्सुकता जाग्रत कर दी होगी...। सांसारिक धरातल पर तो धर्मगुरु बालक के समान अबोध हैं।...*(ठहरकर)* अच्छा, मैं चलूँ। कालिदास की कुछ खोज करूँ।

**प्रियंगु :** *(व्यग्र होकर)* आर्य सौमित्र! वे बहुत कोमल-हृदय हैं।...मेरे मन में न जाने कैसी-कैसी आशंकाएँ...

**सौमित्र :** आप चिन्ता न करें!...यहीं कहीं होंगे। मैं तुरन्त देखता हूँ।

**(प्रस्थान। प्रियंगु विचारमग्न-सी मंच का एक चक्कर लगाती है।)**

**प्रियंगु :** कीर्तिभट्ट!

**कीर्तिभट्ट :** *(प्रवेश करके)* देवि!

**प्रियंगु :** जब तुम राजमंडप में थे, तब तुमने स्वामी को जाते हुए देखा था?

**कीर्तिभट्ट :** नहीं, देवि! मालूम ही नहीं पड़ा कि वे कब निकल गये। अन्यथा मैं स्वयं उनके साथ जाता या कम-से-कम पूछ लेता कि कहाँ जा रहे हैं।

**(प्रियंगु कुछ क्षण ठिठकी रहती है। फिर एक ओर बढ़ती है। कीर्तिभट्ट का प्रस्थान। प्रियंगु सामने वाले द्वार तक पहुँचती है। कुछ पल ठहरकर लौटने लगती है कालिदास का प्रवेश। वस्त्र कुछ मलिन, बाल कुछ बिखरे। हाथ में 'कुमारसम्भव' की पांडुलिपि। ...प्रियंगु लपककर पास आती है।)**

**प्रियंगु :** कहाँ थे अब तक?...*(बाँहें थाम लेती है। उससे सट जाती है।)* मैं इतनी डर गयी थी...

**कालिदास :** *(स्नेह से उसके सिर पर हाथ फेरता है। पांडुलिपि चौकी पर*

*रख देता है।)* नगर के बाहर चला गया था...शिप्रा के निर्जन तट पर...गहरा अँधेरा था वहाँ और गहरी शान्ति...ऊपर घने बादलों में चन्द्रमा का हल्का-सा आभास और सामने बहुत दूर पर्वत-श्रेणियों के धुँधले चढ़ाव-उतार...हवा रुकी थी। पत्ता एक नहीं हिलता था। लहरें भी निश्चल थीं।...बस, कभी-कभी बालू के छोटे-छोटे कगार नदी में धसक जाते थे। चौंककर वृक्षों की ऊपरी शाखों पर कभी कोई पक्षी पर फड़फड़ाता, चहचहाता...और फिर मौन, फिर नीरवता... *(मुड़ता है, तो चित्रफलक पर दृष्टि पड़ती है।)* ...ओह...यह चित्र बनाया है! ...*(फलक के कुछ पास आता है। देखता रहता है। धीरे-धीरे, आत्मोन्मुख-सा।)* काम का सामान्य अर्थ तृष्णा है, पर भारतीय चिन्तन ने देवता का पद दिया है इसे...जो व्यक्ति को कमनीय वासना की ओर ले जाता है।...आसक्ति का उदय उसी के संयोग से होता है, इसलिए धर्म में भी बड़ी महिमा है इसकी...जीवन को कामना और मोह देने के कारण काम को कल्याणकर भी कहते हैं।...और इसका यह भुवनमोहन रूप...वसन्त इसका सखा...कोयल इसकी वैतालिक...फूलों का धनुष...भौंरों की पाँत की डोरी...आम्र-मंजरियों के बाण *(स्निग्ध दृष्टि से प्रियंगु की तरफ देखता है। निकट आ उसका दायाँ हाथ थाम लेता है। एक-एक करके पाँचों उँगलियाँ देखता है। मुस्कान सहित)* कितनी कलाएँ आती हैं इन कोमल उँगलियों को *(उँगलियाँ होठों से छुआने को होता है। यकायक ठिठककर)* अरे... *(हाथ छोड़ देता है)* उँगलियों का चुम्बन कहीं अश्लील तो नहीं होता? *(पीछे हटता है)* बताओ न? ...तुम्हें उज्जयिनी की नैतिकता की अधिक जानकारी होगी।

**प्रियंगु** : *(उदास मुस्कान से उसकी तरफ़ देखती रहती है। निकट आती है। माथे पर बिखरे बालों को पीछे हटाती है। कोमल स्वर में)* सुनो...तुम बहुत थक गये हो।...चलो, विश्राम करो!

**(विराम)**

**कालिदास** : *(गहरी निःश्वास लेकर)* हाँ, बहुत थक गया हूँ। एक मास की रचनात्मक बेचैनी...फिर इस समारोह से की गयी अपेक्षाएँ... फिर भाग-दौड़, ...व्यस्तता...और फिर मोहभंग...

**(प्रियंगु की देह पर माथा टिका लेता है। वह कालिदास के**

**कन्धों को घेरे रहती है। कीर्तिभट्ट का प्रवेश। प्रियंगु पीछे हट जाती है।)**

**कीर्तिभट्ट** : स्वामी! धर्माध्यक्ष महोदय पधारे हैं।

**प्रियंगु** : इतनी रात गये! *(कालिदास से)* मना करवा दो! तुम्हें विश्राम की आवश्यकता है।

**कालिदास** : *(कीर्तिभट्ट से)* उन्हें आने दो।

**(कीर्तिभट्ट का प्रस्थान।)**

**प्रियंगु** : देखो, देर तक बात मत करना।

**कालिदास** : *(मन्द स्मित से)* अच्छा!

**(प्रियंगु भीतर चली जाती है। कालिदास उठता है। धर्माध्यक्ष का प्रवेश। हाथ में लिपटा हुआ आदेशपत्र।)**

: आऽऽइए धर्माध्यक्ष महोदय! ...मैं समझ नहीं पा रहा था कि अचानक हवा में यह पवित्र गन्ध कैसे आ गयी। ...पधारिए!

**धर्माध्यक्ष** : *(गम्भीर भाव से)* राजप्रासाद से लौट रहा था कि आपके भवन में प्रकाश देखा। सोचा कि...

**कालिदास** : बड़ी कृपा की। विराजिए।...*(धर्माध्यक्ष आगे बढ़ता है।)* वैसे मेरे यहाँ के आसन कुछ अश्लील हैं। *(धर्माध्यक्ष ठिठक जाता है। कालिदास की तरफ़ स्थिर दृष्टि से देखता है।)* कल किसी मन्दिर से एकाध आसन पाने का प्रयत्न करूँगा।...धर्म-ध्वजाओं की पग-धूलि कभी-कभी मेरे घर में भी पड़ जाती है न!

**धर्माध्यक्ष** : आर्य कालिदास! पग-धूलि पड़ने का कारण विवशता है।

**कालिदास** : सो तो स्पष्ट ही है।...*(भीतरी द्वार की ओर मुँह करके)* कोई है...? *(प्रियंवदा का प्रवेश)* मदिरा और चषक...*(धर्माध्यक्ष की ओर देखते हुए)* और गंगाजल!

**धर्माध्यक्ष** : पहले पूछ तो लीजिए कि गंगाजल है भी?

**(प्रियंवदा कालिदास की तरफ़ देखते हुए 'नाहीं' में सिर हिलाती है।)**

**कालिदास** : नहीं है!...केवल जल स्वीकार करेंगे?

**धर्माध्यक्ष** : कर लूँगा!

**(प्रियंवदा जाने को मुड़ती है।)**

**कालिदास** : मेरे घर का है?

**धर्माध्यक्ष** : जल शिप्रा का है, आर्य कालिदास!

**कालिदास** : *(हँसता है)* धर्माध्यक्ष महोदय! आप बड़े ही वाग्विदग्ध हैं।

आपने तो मुझे निरुत्तर कर दिया। (प्रियंवदा पेय चौकी पर रख चली जाती है। धर्माध्यक्ष जल पीते हैं। कालिदास चषक में मदिरा ढालता है।) कहिए, क्या विवशता है?

**धर्माध्यक्ष** : *(निकट आते हुए)* मुझे आप तक एक राजकीय सूचना पहुँचानी है। *(आदेश-पत्र कालिदास की ओर बढ़ाता है।)* 'कुमारसम्भव' का आठवाँ सर्ग अश्लील है या नहीं, इस प्रश्न पर विचार करने के लिए एक न्याय-समिति बनाई गयी है।

**कालिदास** : *(सरसरी दृष्टि से आदेश-पत्र पढ़ता है। बन्द कर चौकी पर रख देता है। विचारमग्न-सा दो-तीन घूँट लेकर)* उसके सम्मानित सदस्यों के नाम जानने की धृष्टता कर सकता हूँ?

**धर्माध्यक्ष** : मैं यही बताने के लिए आया हूँ, श्रीमान्।...उसके पहले सदस्य हैं नगर के सम्पन्न व्यवसायी श्री दिवाकरदत्त।

**कालिदास** : *(ठहरकर)* वही तो नहीं, जिनकी आभूषणों की बहुत बड़ी दूकान है?

**धर्माध्यक्ष** : जी हाँ, वही।

**कालिदास** : *(विराम)* पिछले मास मैंने उनके यहाँ से एक मेखला ली थी।... मेखला जानते हैं न?

**धर्माध्यक्ष** : *(ठंडे स्वर में)* जी हाँ, जानता हूँ।

**कालिदास** : क्षमा कीजिए, आप अविवाहित हैं, इसलिए मैंने पूछ लिया।... हाँ, तो मेखला और उसे धारण करने वाली के बारे में एक बड़ी आधारभूत बात है। वह यह कि कटि जितनी पतली हो, मेखला उतनी ही चौड़ी होनी चाहिए। तब दोनों का सौन्दर्य दुगुना हो जाता है। *(मुस्कान सहित)* जैसा कि मैंने सुना है, आप तो ठहरे बाल-ब्रह्मचारी! आपको भला यह कहाँ पता होगा! लेकिन अगर कभी आपकी आँख किसी कमनीय कामिनी पर पड़े, तो उसे तनिक ध्यान से देखिए, निरखिए, परखिए। आपको मालूम होगा कि...

**धर्माध्यक्ष** : आर्य कालिदास! बात दिवाकरदत्त की थी।

**कालिदास** : मैं भी यही कह रहा था कि दिवाकरदत्त को स्वर्ण की समझ बहुत अच्छी है। वे एक पल में बतला सकते हैं कि वह शुद्ध है या अशुद्ध! भला एक काव्यकृति की अश्लीलता की जाँच में उन्हें क्या देर लगेगी!

**धर्माध्यक्ष** : *(पल-भर ठहरकर)* समिति के दूसरे सदस्य नगर के विख्यात

आयुर्वेदाचार्य हैं—श्री पुंडरीक।

**कालिदास** : *(मुस्कराता है)* क्यों नहीं, क्यों नहीं...जिन्हें मालूम है कि ज्वर के कितने प्रकार होते हैं, जो समझते हैं कि टूटी हड्डी किस तरह जोड़ी जाती है, जिन्हें पता है कि चर्बी घटाने के लिए गुग्गुल का सेवन करना चाहिए...अर्थात् जो मानव शरीर के पूरे जानकार हैं, वे निःसन्देह मानवीय मनोभावों के भी विशेषज्ञ होंगे।...तीसरे स्वनामधन्य सदस्य?

**धर्माध्यक्ष** : समिति के अध्यक्ष हैं—प्रधान अधिकरणिक!

**कालिदास** : ओह, न्यायाधीश महोदय!...*(दो-तीन घूँट लेता है।)* उन्हें मैं विशेष जानता नहीं। केवल इतना मालूम है कि वयोवृद्ध हैं, लम्बे समय से दूध का दूध और पानी का पानी अलग करते आ रहे हैं। *(धर्माध्यक्ष की ओर देखते हुए)* आपका तो उनसे घनिष्ठ परिचय होगा?

**धर्माध्यक्ष** : जी हाँ...आपको कोई आपत्ति है?

**कालिदास** : लीजिए, यह भी आपने क्या कहा? मुझे भला आपत्ति क्यों होने लगी? वे ठहरे राज्य के न्याय-स्तम्भ! आप ठहरे राज्य के धर्म-स्तम्भ! दोनों में तो ऐसा गठबन्धन होना चाहिए, जैसा प्रगाढ़ आलिंगन में जकड़े हुए प्रेमीयुगल...(ठिठककर) छीः छीः! फिर एक अश्लील उपमा आ गयी...क्षमा कीजिएगा, मेरा मन बड़ा पापी है।

**धर्माध्यक्ष** : *(व्यंग्य सहित)* इसी बात का तो निर्णय होना है, कविराज।

**कालिदास** : *(चोट खाए स्वर में)* मैं भी उन्हीं निर्णायकों के बारे में जानना चाहता हूँ, धर्मराज। वे वाङ्मय के तो प्रकांड पंडित होंगे ही? काव्यशास्त्र का भी गहरा अध्ययन किया होगा? संस्कृत के पूरे साहित्यिक इतिहास के जानकार होंगे? ...उनका सौन्दर्यबोध बहुत परिष्कृत होगा? दृष्टि बड़ी सूक्ष्म होगी?...वे भावप्रवण होंगे? संवेदनशील होंगे? उदार विचारवेत्ता होंगे?...विशाल हृदय होंगे?...साहित्य-प्रेमी के जिस आदर्श रूप की कल्पना की जा सकती है, वह जैसे उनमें साकार हो उठा होगा?

**धर्माध्यक्ष** : मैं उनके व्यक्तित्व के इस पक्ष के बारे में अधिक नहीं जानता। मेरी-उनकी चर्चा और दूसरे, और गहरे, और शाश्वत विषयों पर होती है।

**कालिदास** : उदाहरण के लिए?

**धर्माध्यक्ष** : संसार की असारता, मायामोह के बन्धन ...जन्म और जीवन...मरण और मोक्ष...

**कालिदास** : विवाह और प्रेम नहीं?

**धर्माध्यक्ष** : आर्य कालिदास!

**कालिदास** : अच्छा, तो प्रेम और विवाह सही?

**धर्माध्यक्ष** : *(क्षुब्ध होकर)* आप एक राजकीय कर्मचारी का उपहास कर रहे हैं श्रीमान्! यह मत भूलिए कि मैं यहाँ व्यक्तिगत रूप से नहीं, अपने कर्तव्य-पालन के लिए उपस्थित हुआ हूँ।

**कालिदास** : *(मुस्कान दबाते हुए)* क्षमा कीजिए। शायद मेरी बात से आपकी कुछ पुरानी यादें जाग उठीं।

**धर्माध्यक्ष** : *(तीव्र दृष्टि से कालिदास की ओर देखता है। अपने को सँभाल कर)* मैं आपको समिति के बारे में बतला रहा था। चौथे सदस्य आपको अच्छी तरह जानते हैं। *(कालिदास प्रश्नसूचक दृष्टि से देखता है)* उनका शुभनाम उसी अक्षर से प्रारम्भ होता है, जिससे आपका शुभनाम समाप्त होता है।

**कालिदास** : ओह... *(चषक मुँह से लगाता है)*

**धर्माध्यक्ष** : *(व्यंग्यभरी मुस्कान से)* आर्य सौमित्र का नाम आते ही चुप क्यों हो गये, कविश्रेष्ठ?

**कालिदास** : इसलिए कि समिति के अन्य सदस्यों के सामने उनकी अयोग्यता बहुत स्पष्ट है और कोई महानुभाव?

**धर्माध्यक्ष** : समिति का अन्तिम पदेन सदस्य मैं हूँ। इस विवाद को शायद आप साहित्यिक नहीं मानेंगे, लेकिन यह नैतिक और धार्मिक है, इसलिए मेरे कार्यक्षेत्र में आता है।

**कालिदास** : *(स्थिर दृष्टि से देखता है)* धर्माध्यक्ष महोदय! जिस पद पर आप काम कर रहे हैं, उसका वेतन तो बहुत होगा?

**धर्माध्यक्ष** : जी हाँ! आपको कोई शंका...?

**कालिदास** : तो अर्थ की प्राप्ति आपको हो ही रही है। जहाँ तक धर्माचार का प्रश्न है, सो उसके आप अध्यक्ष हैं ही, इसलिए यह असार संसार छोड़ने के बाद आपका मोक्ष तो कहीं गया नहीं। लेकिन एक पुरुषार्थ और भी बतलाया गया है न? *(सोचने का नाट्य करते हुए)* भूल रहा हूँ...क्या है?

**धर्माध्यक्ष** : आप दूसरों की चिन्ता छोड़िए, कविकुलगुरु! अपने बारे में

सोचिए।...एक और बात यह है कि...

**कालिदास** : *(जल्दी-जल्दी)* लेकिन ऐसा कैसे हो सकता है कि युवावस्था में *(संकेत सहित)* आप जैसे प्रियदर्शी व्यक्ति पर किसी अल्हड़ किशोरी ने मधुर चितवनों के तीर न चलाए हों?

**धर्माध्यक्ष** : *(आक्रोश से)* आर्य कालिदास! आप मर्यादा का उल्लंघन कर रहे हैं!

**कालिदास** : *(कुछ क्षण धर्माध्यक्ष की ओर देखता है, मुसकरा पड़ता है।)* बड़ी भोली-सी जिज्ञासा थी, लेकिन आपके पुराने घावों में कचोट होती है, तो *(गहरी साँस लेकर)* जाने दीजिए!

**धर्माध्यक्ष** : समिति के सदस्यों में इस बात को लेकर मतभेद है कि उसकी बैठकों में नागरिकों के प्रवेश की मनाही हो या नहीं! अध्यक्ष का विचार है कि इस बारे में आपकी भी सम्मति ली जानी चाहिए।

**कालिदास** : तो सेवा में निवेदन है कि समिति की बैठकें चाहे नगर के बीचों-बीच भीड़-भरे चौराहें पर हों और चाहे नगर के बाहर सुनसान वन में...मेरे लिए कोई अन्तर नहीं पड़ता।

**धर्माध्यक्ष** : मालूम नहीं था कि आपके मन में ऐसा विराग भी है। ...यदि निर्णय के बाद भी आप इसे बनाए रख सकें, तो आपके सम्बन्ध में अपनी धारणा बदलने के लिए मैं बाध्य हो जाऊँगा।

**कालिदास** : *(स्थिर दृष्टि से धर्माध्यक्ष की ओर देखता है। सोचता हुआ-सा)* मान लीजिए कि आप लोगों की यह न्याय समिति अश्लीलता का निर्णय करती है। तब इस काव्य की स्थिति क्या होगी?

**धर्माध्यक्ष** : *(सूक्ष्म मुस्कान के साथ)* वही होगी, जो किसी भी अवैध वस्तु की होती है।

**कालिदास** : अर्थात्?

**धर्माध्यक्ष** : 'कुमारसम्भव' के ऊपर कुछ बन्धन लग जाएँगे।

**कालिदास** : जैसे?

**धर्माध्यक्ष** : जहाँ तक मैं समझता हूँ, समिति यह चाहेगी कि इस काव्य का, कभी किसी सभा या गोष्ठी में पाठ न हो। राजकीय प्रतिलिपि कार्यालय में इसकी प्रतिलिपियाँ तैयार न की जाएँ, इसका विक्रय न हो और जिस नागरिक के यहाँ भी प्रति पाई जाये, उसे नियमानुसार दंड मिले...और...

**कालिदास** : कह डालिए।...रुकिए मत!

**धर्माध्यक्ष** : यह मेरा अनुमान ही है।

**कालिदास** : जी हाँ! मैं समझ रहा हूँ।

**धर्माध्यक्ष** : क्योंकि यह अभियोग महाकाल के पुजारी की लिखित आपत्ति के आधार पर चलाया जा रहा है, इसलिए न्यायसमिति यह भी चाहेगी कि क्योंकि 'कुमारसम्भव' से एक नागरिक, अर्थात् वादी की धार्मिक भावनाओं को ठेस पहुँचती है, इसलिए इस पुस्तक का लेखक न्यायालय में सार्वजनिक रूप से उससे क्षमा-याचना करे।

**कालिदास** : *(चौंककर)* क्या? लेखक क्षमा-याचना करे?...आपने यही कहा है न?

**धर्माध्यक्ष** : *(हल्की मुस्कान से)* जी हाँ!...शायद आप नवम सर्ग की रूपरेखा में खोए हुए थे।...लेकिन आपके लिए बचाव का एक रास्ता है। उसकी ओर ध्यान दिलाना भी मेरा कर्तव्य होगा।

**कालिदास** : *(ठंडे स्वर में)* अपने इस कर्तव्य का भी पालन कर लीजिए।

**धर्माध्यक्ष** : यदि आप कार्यवाही प्रारम्भ होने से पहले ही क्षमा-याचना कर लें, तो वादी सन्तुष्ट हो जाएगा और अभियोग अपने आप ही उठा लिया जाएगा। *(कालिदास विचारमग्न-सा चौकी तक आता है। यों ही आदेश-पत्र उठाता है, उसे खोलकर देखने लगता है।)* अगर आप सोच-विचार करना चाहते हैं, तो आपको दो दिन का समय दिया जाता है। आप परसों सायंकाल तक मेरे पास आ जाएँ या सूचना भिजवा दें कि क्या आप क्षमा-याचना के लिए प्रस्तुत हैं?

**कालिदास** : *(तीव्र स्वर में)* नहीं!

**धर्माध्यक्ष** : और अधिक समय चाहिए?

**कालिदास** : *(उसी प्रकार)* जी नहीं, धन्यवाद!

**धर्माध्यक्ष** : *(ठंडी दृष्टि से कालिदास की तरफ़ देखता है।)* आपकी इच्छा! ...क्योंकि इस अभियोग का सम्बन्ध एक काव्यकृति से है और सुना जाता है कि रचनाकार विचारवान व्यक्ति होता है, इसलिए न्यायसमिति ने निश्चय किया है कि आपको अपने पक्ष के स्पष्टीकरण के लिए अवसर देकर गौरवान्वित किया जाए...समिति की पहली बैठक अगले सप्ताह होगी। क्या आप तब उपस्थित होना चाहेंगे? क्या आप तब उपस्थित होना चाहेंगे?

**कालिदास** : *(रोष से)* जी नहीं।

**धर्माध्यक्ष** : *(मुस्कान दबा लेता है)* शायद इतना समय पर्याप्त नहीं है। ...क्यों न हो! आपके लिए तो जैसे यह जीवन-मरण का प्रश्न है! ...आपको अपने पक्ष में तर्क ढूँढ़ने होंगे, उन पर चिन्तन-मनन करना होगा, मित्र-मंडली से विचार-विमर्श की आवश्यकता पड़ेगी, लम्बा-सा वक्तव्य तैयार करना होगा, अनेकानेक सन्दर्भ सामने रखने होंगे, तमाम उद्धरण देने होंगे। ...तभी तो सदस्यों पर कुछ प्रभाव पड़ेगा...तो फिर दो सप्ताह?...तीन सप्ताह? ...*(प्रश्नात्मक दृष्टि से कालिदास की ओर देखता है।)* बात यह है कि समिति पहले अभियोगी का दृष्टिकोण जान लेना चाहती है। उसके बाद ही वह अपना ऐतिहासिक दायित्व पूरा करेगी।...मैं समझता हूँ कि यदि आप दिन-रात जुट जाएँ, तो एक मास में तो आप निश्चय ही...

**कालिदास** : *(फूट पड़ता है)* एक शताब्दी में भी नहीं!...मैं वहाँ जाऊँगा? तुम्हारी उस अन्धी समिति के सामने? *(आदेश-पत्र धर्माध्यक्ष की तरफ़ भूमि पर फेंकता है।)* ...तुम मतिमन्दों को मनाने? समझाने?... अरे धर्माध्यक्ष! मैं विष खा लूँगा, विष ...डूब मरूँगा शिप्रा में...लेकिन किसी भी मूल्य पर...

**धर्माध्यक्ष** : *(बौखलाकर)* आर्य कालिदास! आप मेरा अपमान कर रहे हैं।

**कालिदास** : *(ऊँचे स्वर में)* हाँ-हाँ, कर रहा हूँ अपमान...और यदि तुम बड़े स्वाभिमान वाले हो, तो कभी पाँव मत रखना मेरी चौखट पर...न राजकर्मचारी के रूप में और न...

**(खाँसने लगता है। धर्माध्यक्ष का द्रुत गति से प्रस्थान। घबराई-सी अनसूया-प्रियंवदा का प्रवेश।)**

**अनसूया** : *(धीमे स्वर में)* प्रियंवदा! देवी को बुला!

**(भीतरी द्वार पर प्रियंगु दिखाई देती है।)**

**कालिदास** : (धीमे स्वर में) नहीं...मैं इस समय अकेला रहना चाहता हूँ।

**(दोनों का भीतरी द्वार से प्रस्थान। प्रियंगु कुछ देर खड़ी रहती है। फिर निःशब्द कालिदास के पीछे आ जाती है।)**

**प्रियंगु** : *(कोमल स्वर में)* मुझे दूर रहने का दंड क्यों दे रहे हो?...मैंने क्या अपराध किया है?...*(प्रगल्भ मुस्कान से)* प्रियंगु तो यहीं रहेगी...तुम्हारे पास। *(उससे सट जाती है। कन्धे पर कपोल टिका देती है।)* जानते हो, प्रियंगु की जन्मकुंडली कैसी है? उसमें लग्नस्थान में सूर्य है। तमालिका ने कहा था कि यदि

अपने पति से दूर रहो न, तो बहोऽऽत लम्बे वियोग की आशंका है...याद है, तमालिका कौन है? कि भूल गये? ...तमालिका प्रियंगु की अन्तरंग सखी है श्रीमान्! धारा नगरी में उसका ब्याह हुआ है, पिछले वर्ष। *(कालिदास मुड़ता है। प्रियंगु पीछे-पीछे बायीं ओर)* ...मुस्करा क्यों रहे हो? तुम्हें प्रियंगु की बात पर विश्वास नहीं होता?...अच्छा, तो कल ही किसी ज्योतिषी को बुलाकर उसका हाथ दिखला देना।...तब तो मानोगे? *(दायीं तरफ़ आ जाती है।)* पता है, प्रियंगु और तमालिका के बीच होड़ लगी थी कि किसका ब्याह बाद में होता है। उसका पहले हुआ। प्रियंगु जीत गयी। उसने दंड के रूप में प्रियंगु को कर्णफूल दिये थे।... मालूम है, कौन-से?...वे ही श्रीमान्, जो प्रियंगु कल सायंकाल पहने थी, जिसमें छोटे-छोटे रत्नों से मोर की आकृति बनी हुई है।...*(बायीं ओर आकर)* जानते हो, प्रियंगु और तमालिका के बीच एक होड़ लगी थी? *(ठिठककर)* लेकिन वह किसी पुरुष को बतलाने की नहीं है। उस होड़ के बारे में भी कुछ नहीं कहना चाहिए था।...तुम अपने मन में पता नहीं क्या सोचेगे।...कुमारी कन्या से ऐसी आशा नहीं की जाती!...तो इस बात को जल्दी भूल जाओ।...हँस क्यों रहे हो?...प्रियंगु जानती है, तुम बड़े कुटिल हो! तुमने इस बात को मन में रख लिया है और आगे चलकर उसे सताओगे।...जाओ, प्रियंगु तुमसे नहीं बोलती।... *(पीछे घूम जाती है। दायीं तरफ़ आकर)* उसे अपने साथ क्यों नहीं ले गये थे...? अपनी उस कुटीर में...पता है, उसे रात-रात भर नींद नहीं आती थी? मालूम है, सखियों में कैसी कानाफूसी हो रही है?...सब दुष्टाएँ...कहती हैं कि ब्याह के पहले प्रियंगु प्रेरणा थी, ब्याह के बाद बाधा बन गयी।...*(सामने आकर)* क्या यह सच है? यहाँ देखो, प्रियंगु की ओर! ...*(उसके वक्ष से सटकर)* अब मत करना ऐसा! उसे अपने साथ ले जाना! *(अलग होकर, आरोप के स्वर में)* प्रियंगु को लेकर अपवाद फैलता है, तो तुम्हें भला लगता है? प्रियंगु लज्जित होती है, तो तुम सुख पाते हो? प्रियंगु का अपमान होता है, तो तुम्हारा स्वास्थ्य बढ़ता है?...कहो कि अब ऐसा नहीं करोगे! उसे अपने साथ ले जाओगे! ...चाहे उससे बात मत

करना! देखना भी मत उसकी ओर! बस, बेचारी को अपने पास रहने देना!...*(बायीं ओर आकर)* जानते हो, प्रियंगु की एक बहुत बड़ी महत्त्वाकांक्षा क्या है? *(कालिदास मदिरापात्र छूता है। उसे उठाता है।)* तुम्हें तो पता है, प्रियंगु का जन्म नगर में हुआ है। प्रियंगु का पालन-पोषण नगर में हुआ है। प्रियंगु का जीवनयापन नगर में हुआ है। *(भीतरी द्वार की ओर मुँह करके, उसी प्रवाह में)* प्रियंवदा! चषक दे जा! *(सीधी हो)* प्रियंगु बिलकुल नहीं जानती कि जीवन में प्रकृति की अनिवार्यता क्या होती है। क्योंकि उसने प्रकृति को किस तरह देखा है! राजप्रासाद के बनावटी रूपान्तरों में अथवा कभी दिन भर के लिए राजधानी से बाहर निकलकर! *(प्रियंवदा चषक रख जाती है। प्रियंगु मदिरा ढालकर कालिदास को देती है। उससे संवाद का सूत्र नहीं टूटता।)* इसलिए उसके मन में इस बात का बड़ा मोह है कि वह दिनचर्या में प्रकृति की गुँथ जाने की प्रक्रिया को जाने-समझे।...मालूम है, क्यों?...क्योंकि वह तुम्हारी रचनाओं के प्रकृति-प्रधान भागों से पूरी तरह तादात्म्य करना चाहती है...जैसे ऋतुसंहार में छहों ऋतुओं का विवरण....जैसे मेघदूत के बहुत सारे अंश...और अब...

**(सहसा अटक जाती है।)**

**कालिदास** : और अब 'कुमारसम्भव' में हिमालय पर्वत और वसन्तागमन का वर्णन...*(हल्की मुस्कान से)* क्या बात है? इस काव्य का नाम लेने से झिझक क्यों रही थीं?...डर लग रहा था कि कहीं कोई राज-कर्मचारी न सुन ले? अभियोग न चला दे?

**(प्रियंगु कालिदास की तरफ देखती है। उदास-सी मुस्कराती है। कीर्तिभट्ट का प्रवेश।)**

**कीर्तिभट्ट** : *(अस्त-व्यस्त-सा)* सम्राट् चन्द्रगुप्त...अपने अंगरक्षकों के साथ!

**(दोनों की दृष्टि मिलती है। कीर्तिभट्ट का प्रस्थान।)**

**प्रियंगु** : शायद तुमसे कुछ विशेष बात करनी होगी।

**(द्रुतगति से भीतर चली जाती है। कालिदास बायें द्वार की ओर बढ़ता है। चन्द्रगुप्त का प्रवेश।)**

**कालिदास** : प्रणाम स्वीकार करें महाराज! इस समय कैसे?

**चन्द्रगुप्त** : निशा-निरीक्षण के लिए निकला था। तुम्हारे भवन में प्रकाश देखा तो सोचा कि होता चलूँ!...सुना था कि मंजरी कुछ

अस्वस्थ है?

**(आगे आने लगता है।)**

**कालिदास** : *(साथ-साथ बढ़ते हुए)* नहीं...कुछ विशेष बात तो नहीं!

**अनसूया** : *(प्रवेश करके)* महाराज की जय!

**(मदिरापात्र और चषक लिये आगे आती है।)**

**चन्द्रगुप्त** : अनसूया!...तुम्हारी देवी?

**अनसूया** : शयनागार में हैं महाराज! तुरन्त सूचना देती हूँ।

**चन्द्रगुप्त** : नहीं! यदि सो रही हों, तो जगाने की आवश्यकता नहीं।

**अनसूया** : जो आज्ञा!

**(अनसूया का प्रस्थान। चन्द्रगुप्त एक चषक भरता है। दो-तीन घूँट लेता है। कालिदास अपना चषक भरने लगता है। विराम)**

**कालिदास** : आज की रात भी व्यर्थ गयी या कोई अपराधी रंगे हाथों पकड़ा गया?

**चन्द्रगुप्त** : नहीं, व्यर्थ नहीं गयी। *(एक घूँट लेता है। याद करता हुआ-सा मुस्कराता है।)* जैसे ही हम नगर के दक्षिणी भाग की सबसे पिछली गली में पहुँचे, एक भवन से भूमि खोदने की आहट सुनाई दी। चारदीवारी से झाँककर देखा, तो पता चला कि कोई बाहरी प्रांगण में कुदाल लिये जुटा था। पीछे खड़े अंगरक्षक ने बताया कि यह घर एक व्यापारी का है और वह अपने परिवार के साथ विदिशा गया हुआ है।...घेरघारकर उस चोर को पकड़ा। पूछा कि भवन के भीतर क्यों नहीं घुसे, बाहर ही यह परिश्रम क्यों कर रहे थे?...कहने लगा कि आज दोपहर को मैंने यहाँ दो खंजन पक्षियों को मैथुन करते देखा है और 'वृहत्संहिता' के पैंतालीसवें अध्याय के बारहवें श्लोक के अनुसार जिस स्थान पर खंजन ऐसा करते हैं, वहाँ भूमि के भीतर सम्पत्ति होती है।...उसे डाँटा कि चौर्यकर्म तुम्हारी आजीविका है और उल्लेख साहित्यिक कृतियों का करते हो? तो बोला कि वृत्ति से क्या होता है! मैं तो ललित कलाओं का पुराना रसिक हूँ बल्कि काव्य-रचना में भी रुचि रखता हूँ।...आगे की बातचीत से मालूम हुआ कि वास्तव में उसका अध्ययन व्यापक था। वह भाषा भी बड़ी मँजी हुई बोल रहा था। *(मुस्कान सहित)* मुझे लगा कि गुप्त-साम्राज्य में अभी साहित्य और कला के लिए बड़ी आशाएँ हैं।

**कालिदास :** *(गहरी साँस लेकर)* निःसन्देह! ...जो आशाएँ हैं, उन्हें अब डाकू और तस्कर ही पूरा करेंगे।

**चन्द्रगुप्त :** *(दो-तीन घूँट भरता है, ठहरकर)* कालिदास! तुम्हारी मनःस्थिति मैं समझ पा रहा हूँ। तुम्हारे साथ मेरी पूरी सहानुभूति है।

**कालिदास :** निःसन्देह! ...न्याय समिति की रचना और उसमें एक से एक बढ़कर सुरुचि-सम्पन्न सदस्यों का रखा जाना इस बात का प्रमाण है।

**चन्द्रगुप्त :** *(कालिदास की तरफ़ देखता है।)* लगता है कि इस समय मैं यहाँ व्यर्थ ही आया।...तुम बहुत विचलित हो!

**कालिदास :** *(आवेश में)* तो आपको मुझसे क्या अपेक्षा थी...कि मैं अपना सन्तुलन बनाए रखूँगा? आज सन्ध्या समय जो कुछ मैंने देखा है, उस सबके बाद भी? जिन्हें यह तक मालूम नहीं कि रस कौन-से खेत की मूली है, आश्रय किसे कहते हैं और आलम्बन क्या होता है, वे मेरे काव्य पर मनमाने आरोपों की वर्षा करें? दिन-दहाड़े बिना किसी अधिकार के साहित्योद्यान में घुस आएँ और वर्षों के श्रम के बाद फले-फूले गुल्मों को उन्मत्त साँड़ों की तरह मसलें-कुचलें, रौंदें? उस सम्राट् के सामने, जो अपने को सहृदय कहता है? और जिसे सारे कलाकार वैसा समझने का भ्रम पाले हैं। ...और फिर इस सबके बाद मुझसे इस बात की अपेक्षा की जाय कि मैं अपना सन्तुलन बनाए रखूँगा।

**(विराम)**

**चन्द्रगुप्त :** *(मुस्कान सहित)* उस सम्राट् की सहृदयता क्या इसी बात से साबित नहीं हो जाती कि एक रचनाकार स्वयं सम्राट् के सामने उसकी सहृदयता पर सन्देह करे? उसे भला-बुरा कहे? उस पर आक्षेप करे?...और सम्राट् न केवल चुपचाप सुन ले, बल्कि मुस्कराता भी रहे?...यदि सम्राट् कलानुरागी न होता, तो ऐसा रचनाकार इस समय कहाँ और किस दशा में पाया जाता, बता सकते हो?...लेकिन उसके साथ अन्याय हुआ है, यह बात समझ में आती है।

**कालिदास :** बात जब समझ में आती है, तब फिर उसका प्रतिकार क्यों नहीं किया जाता?

**चन्द्रगुप्त :** *(अन्तिम घूँट लेकर चषक चौकी पर रख देता है।)* कालिदास! क्या तुम्हें ही यह बतलाना होगा कि बहुत-सी स्थितियाँ ऐसी

भी आती हैं, जब चुपचाप सब देखना होता है, सहन करना होता है, क्योंकि उसके अतिरिक्त और कोई रास्ता नहीं होता।

**कालिदास** : रास्ते कालिदास के लिए बन्द हो सकते हैं, लेकिन क्या सम्राट पर भी यही बात लागू होती है?

**चन्द्रगुप्त** : *(चोट खाये स्वर में)* हाँ, होती है। ...अगर वह सत्ता अपने हाथ में बनाए रखना चाहता है, तो...अगर वह अपने विरुद्ध असन्तोष के विषैले बीज नहीं बोना चाहता है, तो...अगर वह महत्त्वाकांक्षियों को अवसर नहीं देना चाहता है, तो...जानते हो, इस देश के लोगों को सबसे अधिक चोट कब पहुँचती है? *(कालिदास प्रश्नात्मक दृष्टि से देखता है।)* जब उनके धार्मिक क्रिया-कलापों में हस्तक्षेप होता है...जब उनकी धार्मिक मान्यताओं को आघात लगता है।

**कालिदास** : लेकिन लोग यह क्यों भूल जाते हैं कि महाकाल के पुजारी के समान मैं भी तो शैवमत पर विश्वास रखता हूँ?

**चन्द्रगुप्त** : *(हल्की हँसी से)* कालिदास! ऐसे कलाकारों की कोई कमी है, जो अपनी उच्छृंखल प्रवृत्तियों के कारण या नित नये अनुभवों की प्राप्ति के लिए क्या कुछ नहीं करते?...लोग अच्छी तरह समझते हैं कि रचनाकार का धार्मिक और नैतिक आचार-विचार क्या और कैसा होता है! *(गम्भीरतापूर्वक)* और पल भर के लिए तुम्हारी बात मान भी ली जाय तब भी क्या तुम्हारे ही तर्क के आधार पर यह आशा नहीं की जानी चाहिए कि तुम अपनी धार्मिक आस्था के प्रति सच्चे रहोगे और अपने आराध्य को लेकर उद्दाम शृंगार की ऐसी रचना नहीं करोगे?

**कालिदास** : लेकिन तनिक आराध्य के स्वरूप को भी तो देखिए। महादेव देवाधिदेव ही नहीं, रसाधिराज भी हैं। इस काव्य में उनके दोनों ही रूपों को प्रतिष्ठित किया गया है। दूसरे रूप को इसलिए, क्योंकि संसार में भावना की गहराई और सघनता सबसे अधिक स्त्री-पुरुष सम्बन्ध में ही मानी गयी है। काव्य के शृंगार को इसलिए तो रसराज कहते हैं, लेकिन फिर भी अगर किसी को इस प्रसंग पर आपत्ति हो, तो उसे पुरुष और प्रकृति के मिलन का प्रतीक माना जा सकता है।

**चन्द्रगुप्त** : लोगों की दृष्टि इतनी सूक्ष्म नहीं होती, कालिदास! वह ऊपरी आवरण में ही उलझकर रह जाती है।

**कालिदास** : लेकिन आपकी दृष्टि तो ऐसी नहीं है?

**चन्द्रगुप्त** : प्रश्न मेरी दृष्टि का कहाँ है? मैं तो उसी व्याख्या से सन्तुष्ट हूँ कि आठवें सर्ग में एक पति-पत्नी की प्रणय-लीला का चित्रण है और पति-पत्नी के बीच कुछ भी अश्लील नहीं होता, क्योंकि वह पूरी तरह देने और पूरी तरह पाने का सम्बन्ध है। इसमें अश्लीलता उसी को मिलेगी, जिसकी दृष्टि अधूरी होगी, अर्थात् जो केवल नग्नता देखेगा, उसे औचित्य देने वाली पूर्णता नहीं, सार्थकता नहीं। लेकिन मैं धर्मगुरु को क्या समझाऊँ? राजपुरोहित को कैसे मनाऊँ? धर्माध्यक्ष को किस प्रकार सन्तुष्ट करूँ? उज्जयिनी के सहस्रों नागरिकों से क्या कहूँ, जो दिन में दो बार महाकाल के मन्दिर में माथा टेकते हैं?

**कालिदास** : लेकिन क्या यह सरासर लोगों की नासमझी के आगे झुकना नहीं है?

**चन्द्रगुप्त** : हाँ, मानता हूँ कि है, लेकिन यह भी तो देखो कि किस बात पर है?...तुम 'कुमारसम्भव' में से उमा और महादेव के नाम निकाल दो और मैं देखता हूँ कि किसमें इतनी हिम्मत है, जो आठवें सर्ग पर अश्लीलता की उँगली उठाए! मैं भरे चौराहे पर उसके हाथ कटवा दूँगा, उसकी आँखें निकलवा दूँगा, उसे शूली पर चढ़वा दूँगा।...पर आज जो स्थिति है, उसमें मैं कुछ नहीं कर सकता। मैं बिल्कुल असहाय हूँ, मेरे हाथ बँधे हुए हैं, क्योंकि आरोप लगाने वालों के शरीरों पर धर्म का अभेद कवच है। *(चषक भरता है। उसे लिये हुए गवाक्ष तक पहुँचता है। धीरे-धीरे घूँट लेता हुआ चिन्तामग्न-सा खड़ा रहता है।)* एक रास्ता मुझे सूझा है। *(मुड़कर)* ...क्या यह नहीं हो सकता कि आठवाँ सर्ग प्रारम्भ होने पर तुम एक पंक्ति में यह लिख दो कि विवाह के बाद उमा और महादेव के यहाँ यथासमय कार्तिकेय का जन्म हुआ...और वह सारी विलास-क्रीड़ा हटा दो?

**कालिदास** : और उसके बाद एक पंक्ति में यह लिख दूँ कि कार्तिकेय यथासमय बड़ा हुआ और उसने तारक का वध कर दिया। ...और काव्य समाप्त कर दूँ?

**चन्द्रगुप्त** : *(झुँझलाकर)* कालिदास! तुम समझते क्यों नहीं?

**कालिदास** : *(तीव्र स्वर में)* कैसे समझूँ?...सातवाँ सर्ग नायक और नायिका के ब्याह से समाप्त होता है और आठवें सर्ग की पहली पंक्ति

में पुत्र का प्रादुर्भाव हो जाएगा? बीच के नौ महीने नवदम्पती कहाँ रहे? कैसे रहे? ...क्या रूपरेखा रही उनके जीवन की? ...क्या उन्होंने एक-दूसरे में अपने स्वप्नों को पाया, जो यौवन के आते ही देखे जाने लगते हैं? क्या उन्होंने तन और मन का वह सुख जाना, जो विवाह के बन्धन को स्थायी बनाता है? क्या उन्होंने देने और पाने की उस पूरी प्रक्रिया को जिया, जिससे भावना को गहरी तृप्ति मिल जाती है?...कथा के इस मानवीय आधार को हटा दूँ?...स्वाभाविक विकास की इस धारा को रोक दूँ? कथा के इस बहुत ही महत्त्वपूर्ण मोड़ को छोड़ दूँ?...ब्याह के एकदम बाद पुत्रोत्पत्ति हो जाएगी, तो बीच की इस खाई को पाठक कैसे भरेगा? क्या यह कथा का कलात्मक दोष नहीं होगा? इससे काव्य के समग्र प्रभाव को ठेस नहीं पहुँचेगी?...यह मेरे कृतित्व के अनुरूप होगा? क्या कालिदास के नाम के साथ 'कुमारसम्भव' एक कलंक बनकर नहीं जुड़ जाएगा?

**चन्द्रगुप्त** : *(निकट आते हुए)* कलंक बनकर तो वैसे भी जुड़ रहा है, कालिदास! बड़े कलंक की जगह छोटे कलंक को स्वीकार क्यों नहीं कर लेते?

**कालिदास** : यह कलंक भी छोटा नहीं, बहुत बड़ा होगा!...रचनात्मक... शैथिल्य का कलंक नहीं, अपमानित समझौते का कलंक...और मुझे दुख इस बात का है कि आप स्वयं ऐसा रास्ता सुझा सकते हैं, जिन्होंने कलाकारों को हर तरह की सुविधाएँ दी हैं, उनके अभिव्यक्ति-स्वातन्त्र्य का समर्थन किया है।

**चन्द्रगुप्त** : *(तीव्र स्वर में)* कालिदास! जिस क्षण तुमने राजप्रासाद में पाँव रखा था, समझौता हो चुका था और उसका परिणाम भी देख लो! आज तुम्हारे पास क्या नहीं है?...नाम! यश! सम्पदा! प्रभुत्व!...मत भूलो कि रचनात्मक प्रतिभा अपने आप में अधूरी है, क्योंकि रचना को प्रकाश में लाने के लिए, उसके प्रचार और प्रसार के लिए, उसकी स्वीकृति और मान्यता के लिए कुछ माध्यमों की आवश्यकता होती है—और उनमें से अनेक आज तुम्हारे विरोधी बन गये हैं। *(क्षणिक विराम)* कान खोलकर सुन लो कि धर्मगुरु केवल अश्लीलता की घोषणा से ही सन्तुष्ट नहीं होंगे। वे चाहते हैं कि तुम्हें कोई दंड भी मिले और अगर ऐसा नहीं किया गया, तो वे राजप्रासाद के सामने आमरण अनशन पर उतर आएँगे...*(बलपूर्वक)* प्राण दे

देंगे अपने!...कल्पना कर सकते हो कि इसके बाद राज्य में कैसा भूचाल आ जाएगा? *(क्षणिक विराम)* शायद तुम्हें यह पता नहीं कि बंगेश्वर ने आसपास के राजाओं के साथ मिलकर एक संघ बना लिया है और गुप्त साम्राज्य के विरुद्ध कविद्रोह की घोषणा कर दी है। शायद तुम्हें यह भी मालूम नहीं कि सेनापति आम्रकार्दव के यहाँ रात के अँधेरे में सन्दिग्ध व्यक्ति आते-जाते देखे गये हैं। शायद तुम यह भी नहीं जानते कि तुम्हारे और मंजरी के ब्याह से ब्राह्मण और क्षत्रिय—दोनों ही जातियों में असन्तोष है और सेना के एक बड़े भाग पर भी इसका बुरा प्रभाव पड़ा है।...अब मैं फिर नगर समाज के दूसरे मर्मबिन्दु पर चोट हो जाने दूँ? महत्त्वाकांक्षियों को अवसर दे दूँ, ताकि वे तुरन्त लोगों के असन्तोष से लाभ उठाने लगें? *(क्षणिक विराम)* अनेक राज्यों में साहित्य और कला की रचनाएँ कुछ विशेष निर्देशों के अनुसार होती हैं। क्या इतना ही बहुत नहीं है कि गुप्त साम्राज्य में ऐसा कभी नहीं हुआ? लेकिन अगर कोई यह सोचे कि वह अभिव्यक्ति की स्वतन्त्रता के नाम पर शान्ति और व्यवस्था भंग कर सकता है, शासन के स्थायित्व के लिए संकट बन सकता है, तो यह उसकी बहुत बड़ी भूल होगी—इस भूल का मूल्य उसे चुकाना होगा।

**कालिदास** : अर्थात्?

**चन्द्रगुप्त** : अर्थात् झुकना तुम्हें ही है, समझौता तुम्हें ही करना है, क्योंकि इसी में तुम्हारा हित है...और मेरा भी!

**(विराम)**

**कालिदास** : यदि ऐसा नहीं हुआ, तो?

**चन्द्रगुप्त** : *(कुछ क्षण चुपचाप उसकी ओर देखता रहता है।)* कालिदास! व्यर्थ का हठ मत करो। यदि लोगों का आक्रोश बढ़ता गया, तो हो सकता है कि मुझे तुम्हारी सुरक्षा के लिए इस बात का आदेश देना पड़े कि तुम्हें उज्जयिनी से निष्कासित कर दिया जाये। तनिक सोचो! राजधानी से दूर रहकर तुम क्या कर लोगे? क्या पा लोगे?...माना कि तुम एक से एक उत्कृष्ट रचनाएँ लिखोगे, लेकिन यदि राज्य की सहायता नहीं मिली तो वे दादुर की टर्र-टर्र की तरह आजीवन कुएँ में ही रहेंगी।...क्या तुम अभिव्यक्ति मात्र से सन्तुष्ट हो जाते हो? तुम्हारा रचनाकार और कुछ नहीं माँगता? तुम यह नहीं चाहते कि तुम्हारी कृति दूसरों

के पास पहुँचे? उनमें अनुभूति का उद्रेक करे, उन्हें छुए और वही भावोपलब्धि कराए, जो तुमने की है?...तुम नहीं चाहते कि तुम्हारी रचना को वह सार्थकता मिले, जो उसका प्राप्य है? तुम वह सराहना पाओ, जो तुम्हारा अधिकार है?...तुम नहीं चाहते कि तुम्हारी कीर्ति सागरों जैसा विस्तार जाने और तुम्हारा नाम ध्रुवतारे जैसा स्थायित्व?...तुम यह भी नहीं चाहते कि तुम्हारा एक और अकेला स्वर लाखों-करोड़ों स्वरों में ढलता हुआ देश-देशान्तर को पार करके क्षितिज के चारों छोरों में प्रतिध्वनित हो उठे?

**(विराम)**

**कालिदास** : *(धीमे स्वर में)* 'कुमारसम्भव' को मैं अधूरा ही छोड़ दूँगा, आठवें सर्ग पर...आगे नहीं लिखूँगा। इस रचना को एक प्रकार से भुला ही दूँगा। यह कभी मेरे घर से बाहर नहीं निकलेगी। किसी गोष्ठी में इसका पाठ नहीं होगा। किसी तक इसकी प्रतिलिपि नहीं पहुँचेगी।...इतने से लोग सन्तुष्ट हो जाएँगे! फिर तो किसी को आपत्ति नहीं होगी?

**चन्द्रगुप्त** : *(कालिदास की तरफ़ देखता रहता है। सहमति में सिर हिलाता है, सोचता हुआ-सा)* लेकिन अधूरा छोड़ दोगे?...तुमने इस पर इतना श्रम किया है...

**कालिदास** : *(हल्की मुस्कान से)* कई बार श्रम व्यर्थ भी तो हो जाता है।... समझ लूँगा कि कुमार का जन्म सम्भव नहीं हुआ, गर्भ में ही उसकी हत्या हो गयी।...तारक जीवित है, तो रहे। मुझे क्या?

**(विराम)**

**चन्द्रगुप्त** : हो सकता है, आज के बाद मेरे-तुम्हारे सम्बन्ध वैसे न रहें, जैसे कि कल तक थे।...लेकिन मुझे विश्वास है कि अगर तुम सहानुभूति से सोचोगे, तो मेरी स्थिति को समझ लोगे— मेरी विवशताओं को, परिस्थितियों के दबाव को...

**(पल भर कालिदास की ओर देखता है। सिर झुकाए बाहर चला जाता है। विराम। कालिदास एक आसन पर बैठता है। निढाल-सा। विराम। भीतरी द्वार से प्रियंगु का प्रवेश। कुछ क्षण देखती रहती है। फिर पीछे आकर रुकती है। एक हाथ कालिदास के कन्धे पर रख देती है। विराम। धीरे-धीरे अन्धकार हो जाता है।)**

# अंक : तीन

## दृश्य : एक

**[ नेपथ्य में मंगल वाद्य-ध्वनियाँ प्रारम्भ होती हैं। धीरे-धीरे प्रकाश। अनसूया का भीतरी द्वार से नूपुरों की झंकारसहित प्रवेश। हाथ में जलपात्र। कोयल की कूक। क्षणभर को ठिठकती है। रंगों के पात्रों में पानी भरते हुए गुनगुनाने लगती है।]**

**अनसूया** : द्रुमाः सपुष्पाः...सलिलं सपद्मं...स्त्रियः सकामाः पवनः सुगन्धिः... सुखा प्रदोषाः...दिवसाश्च रम्या...सर्वं प्रिये चारुतरं... *(यकायक चौंकती है)* उई...*(झुकती है)* ओह, कीट...*(यहाँ-वहाँ से पैर देखती है)* अभी तुम्हारी व्यवस्था करती हूँ। **(जाने लगती है। कीर्तिभट्ट का प्रवेश। अनसूया की झलक पाते ही चेहरे के एक कोने से दूसरे कोने तक मुस्कान। अनसूया उसे लक्ष्य नहीं करती। कीर्तिभट्ट एकाध पग आगे आ आता है। अचानक अपने उत्तरीय का एक कोना देखता है। खोलता है। हाथ में लिये मादक को मुग्ध दृष्टि से देखता है। हाथ में कीट-नाशक तरल पदार्थ से भरा फुहारा लिये आत्मलीन अनसूया का प्रवेश। जहाँ-तहाँ छिड़कने लगती है। कीर्तिभट्ट मोदक फिर उत्तरीय में बाँध लेता है।)**

**कीर्तिभट्ट** : *(कुछ आगे आकर)* अनसूये! तीसरे पहर का अभिवादन स्वीकार करो।

**अनसूया** : *(उसकी ओर देखे बिना, कार्यलीन)* कर लिया। **(कीर्तिभट्ट पीछे। अनसूया जिस कोने-में दवा छिड़कती है, कीर्तिभट्ट बिलकुल निकट है। एक बार दवा जान-**

**बूझकर कीर्तिभट्ट के मुँह पर गिरा दी जाती है।)**

**कीर्तिभट्ट** : *(पीछे हट, विह्वल हो, चेहरा पोंछता हुआ)* आक् थू...कीड़े मारने की....आक् थू...औषधि...आक्...थू...

**अनसूया** : *(उसकी ओर देखे बिना, कार्यरत)* मुझे क्या पता था कि तुम मेरे निकट हो। पर तुम मेरे पीछे-पीछे क्यों आ रहे थे?

**कीर्तिभट्ट** : मैं तुम्हारे पीछे-पीछे नहीं आ रहा था, अनसूये। तुम पूर्व दिशा में जा रही थीं और पूर्व दिशा मुझे बहुत प्रिय है।...अश्वमेध के समय सम्राट् चन्द्रगुप्त सबसे पहले पूर्व की ओर क्यों गये थे? क्योंकि पूर्व दिशा मंगल करने वाली है।...उत्तर दिशा हालाँकि प्रशस्त है, लेकिन म्लेच्छों के सम्पर्क से दूषित है। सूर्य डूबने के कारण पश्चिम को भी अच्छा नहीं समझा जाता और दक्षिण दिशा यमराज की है...इसलिए पूर्व...अभूतपूर्व...

**(अनसूया द्वार के निकट आ जाती है। मंगलकलश पर स्वस्ति-चिह्न बनाने लगती है।)**

**(विराम)**

**कीर्तिभट्ट** : *(मुस्कान सहित)* कुटीर से आकर मैं बाहर अभी झपकी ले रहा था। एक सपना देखा। जानती हो क्या?

**अनसूया** : *(दो-टूक ढंग से)* सपना तुमने देखा है या मैंने?

**कीर्तिभट्ट** : *(अपनी ही रौ में)* गोधूलि-वेला थी...शिप्रा का किनारा...अपने-अपने घोंसलों को लौट रहे पक्षियों का मधुर कलरव...किनारे से टकराती हुई लहरों का सरस संगीत...वातावरण में सुगन्धि थी—नवमालिका की कलियों की, प्रणय की, मिलन की...तभी देखा कि तुम चम्पक के गुल्मों के बीच...हाथ में लीलाकमल लिये...मन्द-मन्थर गति से...सकुचाती...लजाती...

**अनसूया** : *(भावरहित)* गद्यगीत अपने स्वामी के लिए छोड़ दो, कीर्तिभट्ट! तुम जाकर घोड़े को खरहरा कर दो, उसे दाना-पानी दो, गोबर के सुगन्धित उपले बनाओ।

**(कीर्तिभट्ट क्षणभर उसे कार्यलीन देखता रहता है।)**

**कीर्तिभट्ट** : अनसूये! मुझे समझने का प्रयास करो। मेरे हृदय को पहचानो। ...तुम्हें कैसे बताऊँ कि तुमसे दूर रहकर आज भी सुबह मैंने कैसे काटी है!...मैं तो जाना ही नहीं चाहता था। स्वामी से इतना कहा कि राजधानी से पचास कोस दूर उस कुटीर में जाने की क्या विवशता है? यहीं बैठकर 'रघुवंश' का इन्दुमती-

स्वयंवर लिखिए। लेकिन नहीं! राजधानी में कोलाहल होता है।...लोग भेंट के लिए आते-जाते हैं।...एकान्त नहीं मिलता। मन एकाग्र नहीं हो पाता।...अब कौन समझाये कि राजधानी है, तो उसमें कलरव क्रन्दन तो होगा ही।...जल में तरलता नहीं होती? सूर्य में ताप नहीं होगा? *(अनसूया को एकटक देखते हुए)* कुमारी-कन्या के सौन्दर्य में हृदय को व्याकुल बनाने वाला आकर्षण...

**अनसूया** : इस सर्ग में क्या है, कीर्तिभट्ट?

**कीर्तिभट्ट** : इस सर्ग में वह है अनसूये, जिसके लिए युवा मन नटखट बछड़े-सा कुलाँचें भरता है। यह काव्य नहीं, मनभावन मोदक है, सुन्दरि।

**अनसूया** : तुम्हें एकाध श्लोक याद है?... *(आग्रह से)* मुझे सुनाओ!

**कीर्तिभट्ट** : एकाध क्या, तमाम याद हैं। अभी सुना देता हूँ। लेकिन पहले मेरी एक प्रार्थना स्वीकार कर लो।

**(अनसूया प्रश्नसूचक दृष्टि से देखती है।)**

**कीर्तिभट्ट** : देखो, आज मदनोत्सव का दिन है और मेरे उद्यान में अशोक और बकुल के पेड़ सूखे, ठूँठ-जैसे खड़े हैं। सन्ध्या समय कृपा कर मेरे घर पधारो। अपने सुगन्धित मुँह से मदिरा का एक घूँट मेरे बकुल पर डाल दो, नूपुरों की मधुर झंकार के साथ मेरे अशोक पर पदप्रहार कर दो, ताकि दोनों हरे-भरे हो जाएँ, लद उठें फलों और फूलों से...

**अनसूया** : *(तनिक तिरछा हो, कटि पर हाथ रख, आँखों में आँखें डाल, अत्यन्त मृदु स्वर में)* कीर्तिभट्ट!

**कीर्तिभट्ट** : अनसूये!

**अनसूया** : *(उसी प्रकार)* अगर तुम्हारे ही ऊपर मदिरा का घूँट उगल दूँ, और तुम्हीं पर पदप्रहार कर दूँ तो सन्तुष्ट नहीं होगे?

**(नेपथ्य में नारी खिलखिलाहट कीर्तिभट्ट हतप्रभ हो जाता है। बाहरी द्वार से हँसती हुई प्रियंवदा का प्रवेश। पार्श्व में दबे हुए कुछ कपड़े। कीर्तिभट्ट बाहरी द्वार से तत्काल निकल जाता है।)**

**प्रियंवदा** : *(उत्साह से कपड़ों के विभिन्न टुकड़े दिखलाते हुए)* देख... लाल...सौभाग्य का रंग...आह्लाद का रंग...कामना का रंग...

**अनसूया** : (हाथ में ले उमंग से) क्या-क्या लायी है?

**प्रियंवदा** : घोड़ों के गले में सज्जा के लिए वायुकिरीट...रथ के लिए झालर, घर के लिए आस्तरण, आच्छादन...और ध्वजा लगा दी है ऊपर...देख...मन्द पवन में मन्थर-मन्थर तिरती हुई...जैसे चंचल जल में धवल हंस...जैसे स्वच्छ व्योम में पर तौलता कपोत...

**अनसूया** : आज हमारे भवन से सारी उज्जयिनी को ईर्ष्या हो रही होगी।

**प्रियंवदा** : क्यों न हो!...पूरे गुप्त साम्राज्य में राजमहल के बाहर और कौन-सा घर है, जिसे लाल रंग के व्यवहार का अधिकार मिला हो?

**अनसूया** : पर इतनी देर तूने कहाँ लगायी? मैंने उद्यान से लेकर...

**प्रियंवदा** : बाहर निकलना बहुत कठिन हो गया है अब। देखते ही तुरन्त कानाफूसी प्रारम्भ हो आती है।...और आगे-पीछे लगी आँखों की बन्दनवार...*(नाट्य करती हुई)* देखो, 'अभिज्ञानशाकुन्तल' नाटक में प्रियंवदा का वास्तविक पात्र...ये देवी प्रियंगुमंजरी की निजी परिचारिका हैं।

**अनसूया** : *(परम आह्लाद से)* जब मैं अर्घ्य देने मन्दिर जाती हूँ, तो ऐसा ही होता है।

**प्रियंवदा** : और फिर राजपथ पर ऐसी भीड़ है कि साँस को भी निकलने का रास्ता नहीं मिलता। एक तो कामोत्सव का कामना जगाने वाला दिन...फिर 'अभिज्ञानशाकुन्तल' की स्वर्णजयन्ती...फिर शासन द्वारा स्वामी का अभिनन्दन...जैसे एक साथ एक ही दिन तीन-तीन त्यौहार...तनिक बाहर निकलकर तो देख, लोगों की चपलता से मानो वातावरण में भी तरंगें उठ रही हैं!

**(संगीत-ध्वनि कुछ ऊँची होती है, फिर पूर्ववत् मन्द होने लगती है।)**

*(एकाएक रहस्य की मुस्कान से)* हाँ, श्रेष्ठि की दूकान में एक सलोना-सा युवक खड़ा था। पता है, उसने क्या किया?

**अनसूया** : *(स्मित से)* तू बताये, तो जानूँ?

**प्रियंवदा** : *(खिलखिलाती है)* निकट आया और दूसरों की आँख बचाकर अपनी माला का एक पुष्प तोड़ा। फिर उसे अपने दाँतों में दबाकर ऊपर सूर्य की ओर संकेत किया।

**अनसूया** : अर्थात्?

**प्रियंवदा** : *(आश्चर्य से)* अपनी राजधानी में दस साल की बच्ची भी

जानती है और तू इसका अर्थ नहीं समझी?

**अनसूया :** जब किसी ने मेरे साथ ऐसा किया हो, तो समझूँ!

**प्रियंवदा :** सूर्य के ढलने पर पुष्पदन्त के मन्दिर में आना।

**अनसूया :** तू जाएगी?

**प्रियंवदा :** *(आह्लाद से)* आज सन्ध्या समय तो स्वर्ग भी नहीं जाऊँगी!... आज शाकुन्तल की स्वर्णजयन्ती है।...संस्कृत नाटक के इतिहास में किसी रचना को ऐसा गौरव नहीं मिला। गुप्त साम्राज्य के इतिहास में किसी नाटक को ऐसी लोकप्रियता नहीं मिली। कन्याकुमारी से हिमालय तक—आज बस, एक ही नाटक की चर्चा है।...

**(भीतरी द्वार से प्रियंगुमंजरी का प्रवेश)**

**प्रियंगु :** अनसूया!

**अनसूया :** देवि!

**प्रियंगु :** प्रियंवदा!

**प्रियंवदा :** देवि!

**प्रियंगु :** आज क्या बात है? एक के बाद एक अपशकुन होते जा रहे हैं...प्रात:काल से ही बायीं आँख फड़क रही है। राहु सूर्य पर झपटता-सा मालूम होता है। दिशाओं में उल्कापात का भ्रम हो रहा है। लगता है कि धरती को कँपाने वाली आँधी आने को है।

**प्रियंवदा :** *(स्नेह के उपालम्भ से)* छि:, देवी! कैसी बातें करती हैं!

**अनसूया :** आज का दिन तो इतना शुभ है, इतना मांगलिक!

**(प्रियंगुमंजरी दोनों की ओर देखती है।)**

**प्रियंगु :** *(गम्भीरतापूर्वक)* तीन वर्ष पहले आज के दिन ऐसे...ही बुरे शकुन हुए थे।

**(क्षणिक विराम)**

**प्रियंवदा :** *(कुछ हिचकिचाकर)* तब से अब में बहुत अन्तर है, देवि!

**अनसूया :** आज का अभिनन्दन समारोह तो बिलकुल सहज-स्वाभाविक है...जैसे वसन्त का उत्सव...जैसे होलिका का त्यौहार...

**प्रियंवदा :** यह सामान्य नागरिकों का अपना त्यौहार है—उनके ही लगाव और अपनापे का साक्षी!

**अनसूया :** इसीलिए तो आयोजन रंगशाला में है...*(झिझककर)* राजप्रसाद में नहीं।

**प्रियंवदा :** शासन स्वयं चलकर ऐसे रचनाकार का अभिनन्दन करने आएगा,

जिसकी लोकप्रियता की जड़ें देश के इस छोर से उस छोर तक के नागरिकों के मन में बहुत गहरे पैठ गयी हैं।

**अनसूया** : शासन तो केवल निमित्त है।

**प्रियंवदा** : *(हल्के स्मित से)* शाकुन्तल के रचनाकार के लिए उज्जयिनी का नागरिक आज क्या नहीं कर सकता!

**प्रियंगु** : *(कुछ ठहरकर; विचारलीन)* फिर भी प्रियंवदे...कुचक्रों और षड्यन्त्रों से भरी यह कलानगरी...मेरा मन काँपता है।...

**(कीर्तिभट्ट का प्रवेश। प्रियंगुमंजरी को नमन करता है।)**

**कीर्तिभट्ट** : देवि, विलेपन में अगरु और कपूर के साथ कस्तूरी कैसे मिलानी है? बहुत छोटे टुकड़ों में या पीसकर?

**प्रियंगु** : तू देख ले, प्रियंवदा! कीर्तिभट्ट कुटीर से आ रहे हैं। थक गये होंगे।

**(प्रियंवदा स्वीकृति में सिर हिलाती है।)**

**कीर्तिभट्ट** : एक पहर पहले आ गया था, देवि!...और सच्चाई यह है कि कुटीर में नहीं थकता, पर यहाँ थक जाता हूँ—वह काम करते-करते, जो दूसरों का दायित्व है।...क्योंकि जब दूसरों को सिंगार-पिटार से ही अवकाश नहीं मिलता, तो फिर भला आप ही बताइए कि ड्योढ़ी पर रंगोली कौन सजाये? हंस को कमलरस कहाँ से मिले? चक्रवाक मृणालरस कैसे पाये? कोकिल को आम्रमंजरी का आहार कौन दे? हारिल को हरे पत्ते कौन खिलाए? चकोर के पिंजरे में पिप्परी और धान के दाने कैसे बिखरें? तोता-मैना को कौन पढ़ाये? कपूर पल्लवों के रस से गन्धपत्रों को सुगन्धित कौन करे?

**(प्रियंगुमंजरी सूक्ष्म मुस्कान से प्रियंवदा एवं अनसूया को देखती है। फिर गम्भीर होने का नाट्य करती है।)**

**प्रियंगु** : *(अनसूया एवं प्रियंवदा से)* मैं लक्ष्य कर रही हूँ कि तुम दोनों बहुत ढीठ होती जा रही हो।...सारे समय तुम देह में कुंकुम का अनुलेपन करती रहती हो या पाँवों में आलता लगाती रहती हो।...जाओ, लवंगलता की जड़ में केतकी के पराग से गोल आलवाल बनाओ।

**(दोनों मुस्कान दबाने का यत्न करती हैं।)**

**प्रियंवदा** : *(अपराधी होने का नाट्य करके)* जो आज्ञा!

**(दोनों का प्रस्थान।)**

**प्रियंगु** : तुम्हारे स्वामी नहीं आये, कीर्तिभट्ट?

**कीर्तिभट्ट** : नहीं, देवि! रचना में तल्लीन हैं। बोले, बहुत अच्छी मन:स्थिति है। इस प्रसंग को समाप्त कर लूँ। कहा है कि वे समारोह के समय सीधे रंगशाला पहुँचेंगे।

**प्रियंगु** : ओह...!

**(विचारमग्न-सी एक ओर आ जाती है। कीर्तिभट्ट द्वार की ओर एकाध पग बढ़ाता है। फिर वापस आ जाता है। दो बार यह क्रिया दुहराई जाती है। प्रियंगुमंजरी यह लक्ष्य करती है।)**

: *(सरोकार से)* क्या बात है कीर्तिभट्ट?

**कीर्तिभट्ट** : धृष्टता क्षमा, देवि!...लेकिन सच्चाई यह है कि आजकल मैं पर्याप्त दु:खी हूँ!

**प्रियंगु** : क्या हुआ, कीर्तिभट्ट?

**कीर्तिभट्ट** : मेरे सन्ताप का कारण मनोवैज्ञानिक और भावात्मक है। कहा जा सकता है कि आजकल मेरे अस्तित्व का संकट चल रहा है!

**प्रियंगु** : *(मुस्कान दबाने का यत्न करती है।)* ओह...!

**कीर्तिभट्ट** : मैं घड़ी भर को बाहर निकलता हूँ और आत्महीनता के बोझ-तले दबा जाता हूँ। हर दस पगों के बाद एक-न-एक आतुर पूछताछ होती है...*(मुँह बनाए नाट्य करता है।)* तुम्हारे घर में वन-ज्योत्स्ना लता है? तुम्हारे यहाँ दीर्घापांग नाम का हिरनछौना है? तुम्हारे यहाँ अनसूया-प्रियंवदा नाम की परिचारिकाएँ हैं? क्या सचमुच वे वैसी ही हैं, जैसी शाकुन्तल नाटक में दिखाई गयी हैं?...आज भारतवर्ष के कोने-कोने में अनसूया और प्रियंवदा का नाम जाना जाता है।...*(स्थिर दृष्टि से प्रियंगुमंजरी को देखता है।)* मेरा आपसे एक सीधा-सादा प्रश्न है—क्या 'अभिज्ञान शाकुन्तल' में मेरा चरित्र नहीं डाला जा सकता था?

**प्रियंगु** : *(मुस्कान दबाने का यत्न करती है। नर्मी से)* मैं क्या कह सकती हूँ, कीर्तिभट्ट। यह प्रश्न तुम अपने स्वामी से क्यों नहीं पूछते?

**कीर्तिभट्ट** : पूछा था, देवि!...उनके पास तो अनेकानेक प्रकार के उत्तर हैं।...जब 'विक्रमोर्वशीय' लिख रहे थे, तो बोले कि इतिहास में माणवक का नाम मिलता है। मैं उसे कैसे नकार दूँ?...जब 'मेघदूत' की रचना हो रही थी, तो मैंने प्रार्थना की कि यक्ष

की जगह मेरा नाम रख दीजिए।...कहने लगे, जब तुम्हारा किसी से मिलन ही नहीं हुआ, तो वियोग कैसे होगा?...अब जब 'रघुवंश' लिखा जा रहा है, तो मैंने करबद्ध निवेदन किया। उत्तर मिला कि तुम्हारा तो रघुवंश में जन्म ही नहीं हुआ!...अब रघुवंश में जन्म लेना तो मेरे वश की बात नहीं है!

**प्रियंगु :** *(कोमलता से)* अच्छा कीर्तिभट्ट, मैं उनसे अनुरोध करूँगी!... *(मुस्कान दबाती है। आत्मदया के अभिनय से)* वैसे इस घर में हमीं दो प्राणी उपेक्षित हैं।....देखो न, उनकी किसी रचना में मेरा नाम भी तो नहीं है।

**कीर्तिभट्ट :** *(सहमति में सिर हिलाता है।)* आप मेरी पीड़ा समझ लेंगी, इसीलिए तो कहा।

**(अनसूया का प्रवेश।)**

**अनसूया :** देवि! राजभवन में रथ आ गया है!

**प्रियंगु :** अच्छा!...प्रियंवदा को बुला ले, अनसूया!

**(अनसूया और कुछ क्षणों बाद प्रियंवदा का भीतरी द्वार से प्रस्थान। कीर्तिभट्ट ठिठकता है। पुस्तकाधार पर दृष्टि पड़ती है।)**

**कीर्तिभट्ट :** *(पुस्तकाधार की ओर संकेत सहित, दार्शनिक भाव से)* कीर्तिभट्ट।...प्रसिद्धि के कितने निकट...कितने दूर... *(सहसा उत्तरीय में बँधा मोदक लक्ष्य करता है। निकालकर हाथ में ले लेता है। मोदक मुँह के सामने ला, क्रमशः पास लाते हुए)* मोदक...कितना निकट...कितना निकट...कितना निकट...!

**(यकायक नारी-खिलखिलाहट सुनकर हतप्रभ हो जाता है। भीतरी द्वार पर अनसूया एवं प्रियंवदा। कीर्तिभट्ट का मुँह में मोदक भरे द्रुत गति से प्रस्थान। हाथ में एक वस्त्र लिये प्रियंगुमंजरी का प्रवेश। सबका बाहरी द्वार से प्रस्थान। धीरे-धीरे अन्धकार।)**

## दृश्य : दो

**[अन्धकार। उदास संगीत-रागिनी। प्रियंवदा एवं अनसूया का प्रवेश। विराम।]**

**अनसूया** : *(निःश्वास लेकर)* घर कैसे अँधेरे में डूबा है!

**प्रियंवदा** : *(धीमे स्वर में)* हूँ...!

**(भीतर जाती है। कुछ क्षण बाद दो जलते दीप लेकर आती है। एक अनसूया ले लेती है। दोनों दीपदान जलाने लगती हैं। धीरे-धीरे प्रकाश। विराम)।**

**प्रियंवदा** : *(निःश्वास लेकर)* सोचते कुछ हैं और होता कुछ है।

**अनसूया** : *(धीमे स्वर में)* हूँ...!

**(विराम। प्रियंगुमंजरी का प्रवेश। पलभर को दोनों ठिठकती हैं। फिर कार्यलीन हो जाती हैं। विराम।)**

**प्रियंगु** : *(उदास स्मित से)* तो मेरे अपशकुन बिलकुल असंगत थे? *(दोनों ठिठक जाती हैं। दृष्टि नीची!)* मेरी दुर्भावनाएँ पूरी तरह निस्सार निकलीं?

**अनसूया** : *(गहरी साँस लेकर)* कुछ समझ नहीं आता, देवि!

**प्रियंवदा** : *(गिरे स्वर में)* वसन्तोत्सव को इस घर से न जाने कैसा बैर हो गया है!

**(प्रियंवदा दीप लेकर आती है। कुछ क्षण बाद अगरबत्तियाँ लिये प्रवेश। दोनों अगरबत्तियाँ अगरबत्तीदानों में लगाकर उन्हें जलाने लगती हैं।)**

**प्रियंगु** : *(कुछ खोई हुई-सी)* कैसा मनोहर दृश्य था...रंगशाला के चारों ओर कलानुरागी नागरिकों की एक-पर-एक परतें...अन्दर घुसने को आतुर मानवीय हिलोरें...और रंगशाला के भीतर उज्जयिनी का...भद्रलोक...मंच पर सम्राट् और सत्ता के पाँच प्रतीक...अभिनन्दनीय नाटककार का आसन खाली है।...वायु

की गति वाला धावक कुटीर तक जाता है।...और लौटकर यही कह पाता है कि...कविकुलगुरु का कोई पता नहीं!

**(विराम। सौमित्र का प्रवेश)**

**सौमित्र** : अभिवादन स्वीकार करें, कल्याणि!

**प्रियंगु** : *(कातरता से)* आर्य सौमित्र...क्या हो रहा है यह?

**(प्रियंवदा जाने लगती है।)**

**सौमित्र** : कुछ समझ नहीं आता, पुण्यवति!

**प्रियंगु** : प्रातःकाल तो आपसे भेंट हुई थी?

**(अनसूया जाने लगती है।)**

**सौमित्र** : हाँ, घड़ी भर के लिए...पर मुझसे तो यही कहा था कि तीसरे पहर के लगभग लौट आऊँगा।

**प्रियंगु** : कुछ ऐसा नहीं कहा, जिससे लगे कि...?

**(विराम)**

**सौमित्र** : कहा तो नहीं, लेकिन... *(प्रियंगुमंजरी प्रश्नात्मक दृष्टि से देखती है—किंचित् आशंकित-सी। पात्र में दो चषक लिये प्रियंवदा का प्रवेश। दोनों ले लेते हैं। प्रियंवदा जाने लगती है।)*

: *(एक घूँट लेता है।)* क्या आपको कुछ दिनों से ऐसा नहीं लग रहा कि कालिदास का मन उचाट-सा है?

***(विराम। प्रियंगुमंजरी अन्यत्र देखने लगती है। फिर सहमति में सिर हिलाती है।)***

: कुछ अपने में ही खोए हुए...बाहर कम निकलना...लोगों से कम मिलना...

***(प्रियंगुमंजरी पूर्ववत् है।)***

: अन्यथा ऐसा हो सकता है कि वीणावादक तुषारगिरि राजधानी आएँ और कालिदास उन्हें सुनने न जाएँ...पाटलीपुत्र से पधारे मयंकसागर का काव्य-पाठ, विदर्भ से आयी नाट्यमंडली, वर्षा के बाद पहला इन्द्रधनुष दिखाई देने पर पुरहूत उत्सव...

**प्रियंगु** : हर बार यही कहा कि...जी नहीं चाहता।

**(विराम। सौमित्र दो-एक घूँट लेता है।)**

**सौमित्र** : और आज प्रातःकाल रचा हुआ यह श्लोक मुझे सुनाया...कि वट के पेड़ की जड़ें धरती को छेदकर नीचे घुस जाती हैं, वैसे ही शोक की बरछी ने अज के मन को आर-पार बेध दिया था!...मैंने कहा कि अभी लिख तो रहे हो इन्दुमती का

स्वयंवर—सन्ध्या समय अभिनन्दन करवा रहे हो और मन में ऐसी भावनाएँ आ रही हैं?

**प्रियंगु** : *(तनिक रुककर)* हर प्रश्न का उत्तर...छोटी-सी उदास मुस्कान...

**(वैसी ही मुस्कान के साथ कालिदास का निःशब्द प्रवेश। कुछ क्षण दोनों उसे नहीं देखते। फिर प्रियंगु व्यग्र-सी लपकती है। कालिदास स्नेह से उसे एक बाँह में ले लेता है। सौमित्र से एक आत्मीय मुस्कान का आदान-प्रदान।)**

: ऐसी-ऐसी आशंकाएँ मेरे मन में आ रही थीं।

**कालिदास** : *(चिबुक छूकर)* आशंकाओं पर तो तुम्हारा एकाधिकार है।

**प्रियंगु** : कहाँ चले गये थे? रंगशाला में क्यों नहीं आये?

**(गम्भीर और अलग हो जाता है।)**

**कालिदास** : गया कहीं नहीं था।

**प्रियंगु** : वहीं थे अपनी रचना-कुटीर में?

**(कालिदास सहमति में सिर हिलाता है। प्रियंगुमंजरी के हाथ से चषक लेकर घूँट लेता है)**

**कालिदास** : *(कुछ अन्तर्मुख होने लगता है।)* सन्ध्या-वेला को वन की शान्ति...कोविदार, कदम्ब और सर्ज के वृक्ष...ऊँचे! मौन...कुन्द और कुरबक के पौधे!...सुकुमार! निष्पाप!...पीछे शिप्रा...अपनी ही गति पर मुग्ध प्रवाह...जल की अनवरत कलकल...सलोनी। निर्मल...मौलश्री के झुरमुट के पीछे डूबती लाल गोलाई...नदी की तरल सतह पर झिलमिलाती परछाइयाँ...लहरों पर डूबते-उतराते रंगों के इन्द्रधनुष... *(कुछ पलों को रुक जाता है।)* देखते-देखते मन विचलित हो गया...कि ऐसे पुनीत सम्मोहन को छोड़कर कहाँ जा रहा हूँ मैं? ईर्ष्या-द्वेष के उस छद्म लाख के घर में? दबावों और षड्यन्त्रों की उस मायानगरी में?...मैं क्या करूँगा वहाँ?...यह सम्मान मुझे क्या देगा?...इस नाटक को जो देना है मुझे वह दे चुका है।...रचना का सन्तोष...देश के कोने-कोने से दर्शकों की साझेदारी...भावोपलब्धि के बाद की उनकी निरन्तर चलती करतल ध्वनि...

**(विराम। चन्द्रगुप्त का प्रवेश। सब नमन करते हैं।)**

**चन्द्रगुप्त** : *(स्नेहसिक्त स्मित से)* कैसी हो, मंजरी? सुना था, अपराह्न तुम्हारे माथे में पीड़ा थी?

**प्रियंगु** : देर तक सप्तवर्ण पेड़ के नीचे बैठ गयी थी। ठीक हूँ अब।

**चन्द्रगुप्त** : *(उद्यान की ओर देखता है।)* सप्तपर्ण के आसपास अगर

अम्भोज और नीलोत्पल लगवा दो, तो उसकी गन्ध ऐसा प्रभाव नहीं डालेगी।

**(प्रियंगुमंजरी हामी में सिर हिलाती है।)**

: *(उद्यान की ओर देखते हुए)* उद्यान बहुत सुन्दर है तुम्हारा! ...कमल...कुमुद...सितपंकज...कर्णिकार...कुरबक...बकुल...

*(प्रियंगुमंजरी तनिक मुस्कराती है। चषक लिये प्रियंवदा का प्रवेश। चन्द्रगुप्त को नमन करती है।)*

: *(स्नेह से)* अच्छी तो हो, प्रियंवदा?

**(प्रियंवदा अनुगृहीत स्मित से पात्र लिये सम्मुख झुकती है। चन्द्रगुप्त चषक उठा लेता है। प्रियंवदा जाने लगती है।)**

: *(एक घूँट लेता है। मुस्कान सहित)* आजकल जो भी राजदूत आता है, प्रियंवदा और अनसूया के बारे में जानने को व्यग्र दिखता है।

**(विराम। सब एक-दो घूँट भरते हैं। विराम।)**

**सौमित्र** : *(चन्द्रगुप्त से)* आज्ञा चाहूँगा, श्रीमान!...*(मन्द स्मित से)* कल पत्नी की वर्षगाँठ है और उनके लिए उपहार अभी तक नहीं ले पाया।

**चन्द्रगुप्त** : *(मुस्कराता है।)* उपहार का इतना महत्त्व है, आर्य सौमित्र?

**सौमित्र** : *(कालिदास की ओर देखता है।)* अगर 'शाकुन्तल' से एक पंक्ति उधार लूँ तो कहूँगा कि उपहार के बिना पत्नी को प्रसन्न रखने का प्रयत्न वैसा ही है, जैसे कमलपंखुरी की धार से शमी का पेड़ काटना।

**प्रियंगु** : *(मुस्कान सहित)* आशा करती हूँ कि इस पंक्ति के पीछे लेखक का अपना अनुभव नहीं है।

**(हँसी। सौमित्र चन्द्रगुप्त को नमन करते द्वार की ओर बढ़ता है।)**

**कालिदास** : *(सौमित्र से)* कल प्रातःकाल...

**सौमित्र** : अच्छा...

**(अभ्यर्थना की मुस्कान से कालिदास एवं प्रियंगु को देखते हुए प्रस्थान। विराम। दोनों एक-दो घूँट भरते हैं।)**

**चन्द्रगुप्त** : *(चित्रफलक की ओर देखते हुए)* नया चित्र बना रहा है? *(प्रियंगुमंजरी की ओर मुस्कान सहित देखता है। फिर चित्रफलक की ओर।)*

*(धीरे-धीरे)* वनकन्या शकुन्तला...अपने मृगशावक के साथ...पीछे परछाईं-सी दोनों सखियाँ...एक ओर स्नेह भरे आशीर्वाद के उठे हाथ के साथ धर्मपिता कण्व...दूसरी ओर शाप की रौद्र मुद्रा में क्रोधी दुर्वासा... *(कुछ क्षणों बाद यकायक)* पर 'शाकुन्तल' में तो ऐसा कोई दृश्य नहीं, जिसमें कण्व और दुर्वासा का आमना-सामना होता हो?

**प्रियंगु** : यह चित्र काल्पनिक है।

**चन्द्रगुप्त** : *(प्रियंगुमंजरी की ओर देखता है)* ओह... *(कुछ पल चित्र देखता रहता है।)* इसके पीछे भाव क्या है?

**प्रियंगु** : *(कुछ ठहरकर)* शकुन्तला के जीवन के दो नियामक...आश्रय और अपनत्व देनेवाले सौम्य ऋषि...दुख और यन्त्रणा देनेवाले...

**(दोनों की दृष्टि मिलती है। तनाव का क्षणिक विराम। अनसूया का प्रवेश। चन्द्रगुप्त को नमन।)**

**अनसूया** : *(प्रियंगुमंजरी से)* हिरनछौना मुँह के घाव में तेल नहीं लगवा रहा है। अगर आप आ जाएँ तो...

**प्रियंगु** : चल...

**(दोनों का प्रस्थान। दोनों एकाध घूँट भरते हैं।)**

**चन्द्रगुप्त** : कामरूप से राजदूत आये थे आज—अपराह्न में। बड़े उत्साह से 'शाकुन्तल' नाटक के बारे में पूछने लगे। मैंने कहा कि सायंकाल आप नाटक का प्रदर्शन भी देख सकते हैं और नाटककार...का अभिनन्दन भी।

**(चन्द्रगुप्त बाहरी द्वार की ओर संकेत करता है। कीर्तिभट्ट का व्यग्रता से प्रवेश। हाथ में नटराज की प्रतिमा। चन्द्रगुप्त ले लेता है। गर्वभरी दृष्टि से कालिदास को देखते हुए कीर्तिभट्ट का प्रस्थान। चन्द्रगुप्त कुछ क्षण प्रतिमा हाथ में लिये कालिदास की ओर देखता है। पर कालिदास में स्वीकार का भाव न पाकर प्रतिमा चौकी पर रख देता है।)**

**कालिदास** : क्षमा करें। उपस्थित न हो पाने के पीछे कोई अविनय नहीं है।

**चन्द्रगुप्त** : बात क्या हुई? एकाग्रता में भूल ही गये थे ना...?

**कालिदास** : शिप्रा की वर्तुल लहरें देखते अचानक तीन वर्ष पहले की याद आ गयी।...आज ही का दिन था...ऐसा ही उत्सव...ऐसा ही आह्लाद...और तब लगा कि राज्य मेरे सम्मान के लिए इतना उतावला क्यों है...

**(विराम)**

: आपने अपनी अश्वमेध यात्रा में देख लिया कि एक रचनाकार जनमानस में कितने गहरे पैठ चुका है।...शासन अब क्या चाहता है?...रचनाकार को स्वीकार करके अपने किये को अनकिया करना चाहता है? बतलाना चाहता है कि वह सचमुच सुसंस्कृत है, साहित्यिक गरिमा का पारखी...ललित कलाओं का अनुरागी...

**चन्द्रगुप्त** : ओह...

**(विराम)**

**कालिदास** : जीवन के एक मोड़ पर सत्ता की सहायता की आवश्कता थी...अब नहीं है।...*(ठहरकर)* अब?...अगर शासन मेरी रचना पर यहाँ रोक लगाएगा, तो वह दूसरे राज्य में सप्तम सुर में सुनी जाएगी। मुझे बन्दीगृह में डाल देगा, तो संकीर्णबुद्धि और कुटिलमन कहलाएगा। और अगर मेरी हत्या कर देगा, तो लोकमत उसके विरुद्ध आषाढ़ के पहले काले-कजरारे मेघों के समान भड़क उठेगा!...

**(विराम)**

: *(अन्तर्मुख-सा)* गर्व?...करता हूँ अपनी रचना पर जब तक अपने रचनाकक्ष में होता हूँ।...तब मेरे सामने केवल अपनी अभिव्यक्ति होती है। ...पर जिस पल मैं अपने कक्ष से बाहर पाँव रखता हूँ तभी अलग-अलग तरह के प्रश्न आकर रचना के साथ गुँथने लगते हैं...बहुत छोटे, बहुत तुच्छ...लेकिन महत्त्वपूर्ण...

**(विराम)**

: मेरा आक्रोश है रचना की इस प्रकृति पर...कि यह अपने आप में सम्पूर्ण नहीं है।...यह सम्प्रेषण और तादात्म्य चाहती है।...*(छोटा विराम)* हालाँकि अब मैं पर्याप्त उदासीन हूँ...और चाहता हूँ...कि यह अनूभुति बढ़ती जाये...*(करुण स्मित से)* शायद इसी का परिणाम है यह...कि लिखना था इन्दुमती का स्वयंवर...अज के साथ उसका विवाह...जीवन में चाह और आस्था का सर्ग...पर जब कोरे भोजपत्र की चुनौती सामने आयी, तो लिखने लगा...इन्दुमती की मृत्यु के बाद अज का विलाप...

**(कालिदास का पार्श्व चन्द्रगुप्त की ओर। अन्तर्मुख।**

**प्रियंगुमंजरी का प्रवेश। दोनों उसे लक्ष्य नहीं करते।)**

**चन्द्रगुप्त :** तुम्हारे सम्मुख कभी-कभी अपने को अपराधी अनुभव करता हूँ।

**(विराम। चन्द्रगुप्त की दृष्टि क्षण भर के लिए प्रियंगुमंजरी से मिलती है। चन्द्रगुप्त का एकाएक प्रस्थान।)**

**कालिदास :** जीवन से अपेक्षाएँ बहुत कम होती जा रही हैं!...रचना का थोड़ा सन्तोष...सौमित्र-जैसा एकाध मित्र...अपने घर का अपनापा...

**(मुड़ता है। चन्द्रगुप्त की अनुपस्थिति लक्ष्य करता है। प्रियंगुमंजरी से दृष्टि मिलती है। वह निकट आती है। कालिदास के चषक की रिक्तता देखती है। हाथ से चषक लेती है। कोष्ठ तक आकर भरती है। कालिदास को देती है। कालिदास एकाध घूँट लेता है। विराम।)**

: एक और वसन्तोसव निकल गया...एक और वर्ष...

**(प्रियंगुमंजरी कालिदास का एक कन्धा घेर लेती है। वह प्रियंगुमंजरी के सिर पर कपोल टिका लेता है। विराम।)**

**कालिदास :** *(बदले हुए स्वर में)* 'कुमारसम्भव' की पांडुलिपि कहाँ रखी है?

**(पार्श्व संगीत का प्रारम्भ। गहन अन्तर्द्वन्द्व एवं तनाव को व्यंजित करने वाला। क्रमशः उसकी गति बढ़ती जाती है। और दृश्यान्त पर अपने चरम तक पहुँचती है।)**

**प्रियंगु :** *(अलग होकर, आशंका से)* मंजूषा में...

**(पीछे को जाती है। कालिदास आसन पर बैठ जाता है। प्रकाश-व्यवस्था दो आलोक वृत्तों में बदलने लगती है—एक कालिदास पर, दूसरा नटराज पर। दृश्यान्त से कुछ पहले दूसरा प्रकाश-वृत्त विलुप्त हो जाता है। कुछ क्षणों बाद प्रियंगुमंजरी निकट आ कालिदास को पांडुलिपि देती है। कालिदास पृष्ठ पलटने लगता है। प्रियंगुमंजरी कालिदास के निकट बैठ जाती है। आशंकित। कालिदास पन्ने उलटता जाता है। सहसा दोनों एक-दूसरे की ओर देखते हैं।... अन्धकार।)**

❑ ❑ ❑